Irene Ruttmann

Adèle

Roman

Paul Zsolnay Verlag

1 2 3 4 5 19 18 17 16 15

ISBN 978-3-552-05738-8

Satz: Eva Kaltenbrunner-Dorfinger, Wien
Druck und Bindung: CPI Books GmbH, Leck
Printed in Germany

FSC
www.fsc.org
MIX
Papier aus verantwortungsvollen Quellen
FSC® C083411

Für Ulrike und Fabian

Als Kind kannte ich Wörter wie Seuchenbaracke und Grabenkoller und französische Orts- und Flussnamen wie Rethel und Aisne, bevor sie im Krieg in der Zeitung und im Radio auftauchten. Ich wusste nichts damit anzufangen und vergaß sie wieder. Die Wörter klangen auf jeden Fall bedrohlich, aber die Namen hatten, so wie mein Vater sie aussprach, auch etwas Geheimnisvolles, ein Echo, einen Hof, der nichts Schlimmes bedeutete. Meine Mutter reagierte merkwürdig. Wenn sie zu oft vorkamen, verdrehte sie die Augen, dann wieder zog sie meinen Vater zu sich heran und gab ihm einen Kuss.

Ein winziges Porzellanväschen, das im Bücherschrank gleich hinter der Glasscheibe stand, hatte auch mit diesen fremden Namen zu tun. Es war nicht größer als ein Daumen, unterhalb der Öffnung eingezogen und dann kegelförmig ausgeweitet. Wie der schwingende Rock eines tanzenden Derwischs, würde ich es heute beschreiben. So entstand Platz für ein zartes Blumenmuster. Auf dem Boden war eine blaue Schrift eingebrannt: *Rouen 1831*.

»Lass das nie fallen«, sagte mein Vater, wenn er es mir aus der Hand nahm und vorsichtig zurückstellte. »Es ist meine Kriegsbeute, meine einzige, und eine zweite brauche ich nicht. Nie.«

»Hoffentlich haben wir Glück«, sagte meine Mutter.

Er kam davon und wurde nicht noch einmal eingezogen. So blieb der Erste Weltkrieg sein Trauma und ging nie aus seinem Kopf. Die abgegriffenen schwarzen Notizbücher, die, von einem Gummi zusammengehalten, fast auseinanderfielen, nahm er immer dann aus der obersten Schublade des Schreibtischs, wenn er wieder einmal seine Memoiren schreiben wollte. Er füllte Seite für Seite mit akkuraten Bleistiftzeilen und verwarf sie wieder. Das ging so bis spät in die Nacht und bis kurz vor seinem Tod.

Ich hatte immer Angst, die Hefte auch nur aufzuschlagen. Erst lange nach seinem Tod, als der Brief des Lieutenants aus Montpellier dem Freund meiner Tochter mitteilte, dass es gleichwertig sei, ob er, Kind einer französischen Mutter und eines deutschen Vaters, seinen Wehrdienst in Deutschland oder in Frankreich leiste, fing ich an, darin zu lesen.

Die Aufzeichnungen beginnen im Sommer 1916. Das war weit im zweiten Kriegsjahr und mein Vater ein junger Mann von Anfang zwanzig. Ein paar lose eingelegte Blätter erklären das. Er hatte sich freiwillig zum Sanitätsdienst gemeldet und war zunächst nicht an der Front, sondern als Hilfspfleger dort gelandet, was man zu der Zeit noch Irrenanstalt nannte. Deshalb erzählt er nichts vom Kriegsbeginn. Es fehlen die Blumensträuße in den Gewehrläufen und jubelnde Menschen am Straßenrand. Nichts von töricht lachenden Gesichtern unter den Helmen der Marschierer. Sein Irrtum war ein anderer. Er muss geglaubt haben, der Sanitätsdienst im Krieg könne ihn der Medizin, einem Einstieg und Aufstieg zum Lernen und Studieren, näherbringen. Irgendwie. Fontane war ja auch Apotheker geworden. Irgendwie. Sein Bildungshunger muss gigantisch gewesen sein. Sein Vater, ein Maurerpolier mit wilhelminischem Schnauzbart, der es zum Besitzer eines Mietshauses gebracht hatte, bevor er es in der Inflation wieder verlieren sollte, verweigerte ihm jede höhere Schulbildung. Wo kommen wir denn da hin, hatte es geheißen, bei elf Kindern. Elf! Ob die anderen zehn so etwas überhaupt wollten, wurde gar nicht gefragt. Übrig geblieben war eine Lehre als Drogist. Das hatte auch mit Salben und Kräutern zu tun, sogar mit Giften. Und es blieben die Sonntage im Naturhistorischen Museum, wo er die lateinischen Namen der Präparate in kleine Hefte abschreiben und auswendig lernen konnte. Statt patriotischem Taumel also die Irrenanstalt. Nahezu prophetisch. Dazu notiert er nur ein paar düstere Stichworte. Von grauen Gestalten, die mit langsamen Bewegungen in einem ummauerten Garten Unkraut jäten, von dünnem, unstillbaren Weinen einer jungen Frau, von Schreien in der Nacht. Alle Patienten waren normale Kranke, Zivilisten, keine Kriegsheimkehrer. Noch nicht. Der junge Hilfspfleger hilft sich selbst. Ganze Seiten füllt er mit einem einzigen Namen: van Gogh. Immer wieder van Gogh. In unterschiedlichen Schriftarten, klein und groß, dick und dünn, wie ein Muster zur Beschwörung. Er wird sich an das Bild vom sonnenflirrenden Garten der Heilanstalt in der Provence geklammert haben.

Die Überstellung zur Infanterie war wohl eine Art Befreiung. Wie lückenhaft müssen die Berichte von der Front gewesen sein. Immerhin war es Sommer 1916. Und Totenlisten gab es genug.

Beinahe lustig fängt es in der Kaserne an. Wenn man beschlossen hat, Essenfassen von gekochten Kartoffeln in gebrauchten Schuhkartons lustig zu finden und vom schwarzbraunen Mädel zu grölen, im Chor und falsch sowieso. Die Mütze passt nicht. Diese platt gedrückte runde Kappe, die allen ein Einheitsgesicht verlieh. Da sitzt er auf dem braunstichigen Gruppenfoto am Rand der ersten Reihe, die Hände auf die Oberschenkel gestützt, als halte er sich am verbliebenen Vertrauten fest. Seine schwarzen Haare, die ihn immer nicht recht deutsch, eher »welsch«, böhmisch vielleicht aussehen ließen, sind schon nicht mehr auszumachen. Die hatte ihm sein unbekannter Großvater vererbt, der die junge Frau in der Messestadt geschwängert und sich davongemacht hatte. Diese Lücke im Stammbaum wird dem Enkel viel später, Lehrer geworden, noch zu schaffen machen.

»Es ist ein ewiges Hin- und Hersausen«, heißt es bald.

Und doch noch einmal der Versuch der Realität zu trotzen:

Ich fühle mich wie Siebenkäs, der sich aus Armut seine Bücher selbst schrieb. Ich denke sie mir, weil ich hier keine habe.

Dann liegt er mit verbundenem Kopf auf der Trage.

Nur zur Übung. Heute nur zur Übung. Aber vielleicht ist der Tag nicht mehr fern, an dem man mich ernsthaft verbinden muss. Morgen werden wieder Leute für die Schlachtfelder an der Somme gesucht. Ich weiß nicht, ob ich diese Höllenfahrt mitmachen muss. Es werden Unverheiratete dazu bestimmt.

Für Leute stand zuerst Kameraden. Das hatte er durchgestrichen und geändert. Er kann kaum noch zeichnen. Vom Auseinandernehmen und Zusammensetzen der Waffe schmerzen die Finger. Wie aber kommen fünf Seiten gestochen und in winzigen Buchstaben geschriebene Regeln hierher? Übertriebener Lerneifer oder gespenstische Pflichtaufgabe?

Bei der *geöffneten Ordnung* geht es in siebzehn Punkten ums *Schwärmen auf der Grundlinie mit größeren und kleineren Zwischenräumen (§3),* ums *Sammeln in der Bewe-*

gung (§ 7) und *im Rückmarsch* (§ 9) und um die *Unterbrechung des Vormarschs durch Knien und Hinlegen* (§ 15) und schließlich um *Schwärmen und Sammeln im Liegen, Knien und Kriechen* (§ 17). Vom Schützen wird gefordert, heißt es weiter: *Geschicklichkeit im Gebrauch der Waffe. Geschicklichkeit in der Geländeausnützung. Selbsttätigkeit. Unausgesetzte Aufmerksamkeit auf a.) seinen Führer b.) seinen Gegner. Urteilskraft, Selbstvertrauen, Kühnheit und peinliche Ausführung der im Gefecht erfolgenden Befehle … Sorgfalt im Stellen des Visiers (a.). Sorgfalt in der Abgabe des Schusses (b.). Selbständige Feuerbeschleunigung, wenn das Ziel günstiger ist (c.). Selbständiges Einstellen des Feuers bei Verschwinden des Gegners (d.). Haushalten mit der Munition (e.).*

Versehen mit fünf Seiten dieser sauber geschriebenen Regeln ist er dann für die Höllenfahrt ausgewählt worden.

Erst am 3. Oktober geht es weiter, und nichts erinnert mehr an die gestochene Schrift vom Juni. Fahrig und hastig sind die Buchstaben auseinandergezogen, am Anfang noch mit scharfem Umriss, dann mit stumpfem Bleistift wie hingehauen. Bevor sie unlesbar werden, erhalten sie wieder Kontur, und ich, in der Sicherheit meiner Gegenwart, fragte mich, ob da einer einen Spitzer hatte oder neue Bleistifte auftrieb. Vielleicht im verlassenen Gutshaus dicht hinter der Front, in dessen Kuh- und Pferdestall sie 250 Mann hoch unterm Dachstuhl liegen, Karten spielen, mit Mundharmonika und leeren Flaschen als Triangel Musik machen und auf den Einsatz warten. Zuvor aber erweisen sie Tag für Tag im nassen Lehm hinter dem Gut den Kameraden die letzte Ehre:

Ob es Worte gibt, um die Wirklichkeit darzustellen, bezweifle ich. Noch bin ich nicht in Stellung gewesen, aber ich habe schon Tote gesehen, die jedes Menschenherz erzittern lassen. Gestern haben sie noch Karten gespielt, und dann kam ein Volltreffer, und alles war zu Ende. Nun steht eine Kompanie in Reih und Glied im strömenden Regen um die frischen Gräber. Ein Trauermarsch, und dann werden neun Särge hinabgesenkt. Sie haben alle Gräber in einer Linie ausgehoben. Schnurgerade in dem zähen Lehm. Preußisch. Aber wir sind Sachsen. Da muss ein Garten gewesen sein, so nah am Haus, und die gerade Linie gab es schon. Vielleicht für Bohnenreihen und Brunnenkresse. Ein Geistlicher hält eine Andacht. Seine Wörter klingen dumpf wie ferne Hammerschläge, und dazwischen krachen Einschläge aus dem nahen Gehölz. Die Geschosse rauschen durch die Luft wie klirrende Wagen auf einem Zahnradgleis. Der Geistliche schreitet von Grab zu Grab und wirft eine Handvoll Lehm hinunter und sagt jedes Mal: Von Erde bist du geworden, zu Erde sollst du werden. Ich sehe mich um. Da arbeiten schon wieder welche mit Hacke und Spaten und häufen den feuchten Lehm zu Haufen neben den Gruben. Auf der Straße fahren Autos, schwer mit Holz beladen Richtung Front, im Nebel wie Urviecher längst vergangener Zeiten.

Am 6. Oktober zitiert er, noch aus dem Quartier im Dachstuhl des Gutshofs, Lloyd George, den britischen Kriegsminister, mit den berühmt gewordenen Sätzen vom Schlachtfeld in Frankreich:

Ich glaubte, an den Pforten der Hölle zu sein, als ich sah, wie Myriaden von Männern in den Glutofen hineingingen, sah, wie einige verstümmelt und unkenntlich daraus zurückkehrten. Dieses Schreckliche darf sich nie mehr auf Erden ereignen.

Und wenn man sich fragte, wie er an diesen Text gekommen war, wird es durch die Schlussfolgerung Lloyd Georges erklärt, dass *nämlich die völlige Vernichtung Deutschlands die Lösung ist.* Das muss wohl in den Quartieren verteilt worden sein. Und die Reichstagsrede des deutschen Kanzlers Bethmann-Hollweg vom 28. September gleich mit, in der es heißt, dass es nur eine Parole gebe: *Ausharren und Siegen. Und wir werden siegen!* Und der Sanitätssoldat über dem Pferdestall begreift am Vorabend seines Transportes an die Front: »Es ist kein Ende abzusehen.« Und tritt die Flucht nach vorne an:

Wir sehen das Grässlichste noch vor uns, aber trotz krassester englisch-französischer Kampfmittel ist die eherne Mauer deutschen Willens nicht geschwächt, und von der grenzenlosen Todesverachtung und unserem unbeschreiblichen Trotz kann man sich gar keine Vorstellung machen.

8. Oktober 1916

Gestern Abend haben wir uns noch Kartoffeln in aufgefangenem Regenwasser gekocht und Bratkartoffeln gemacht. Zum Brennen verwendeten wir Schnaps. Der konnte ruhig verbraucht werden, weil noch mal welcher gefasst wird. Halb vier morgens ging's westwärts. Im Wagen 14 Mann. Tiefblaue Nacht, nur ab und zu vom Mond erleuchtet und von gelben und grünen Leuchtkugeln, die das Licht des Mondes überstrahlten. Der Weg ist eng. Links und rechts der Straße krachen die Granaten und bersten dort am grausamsten, wo nichts mehr zu zerstören ist. Ein Mann hat dauernd gebrochen. Wir dürfen absteigen und können wenigstens versuchen, den Granaten auszuweichen. Um 6 Uhr sind wir im Unterstand angelangt und können nicht weiter, weil wir mitten in der deutschen Artillerie liegen und deshalb ständig Feuer vom Franzmann bekommen. Wir schlafen abwechselnd. Der Dreck bröckelt von den zerschossenen Dächern wie Ziegelsteine herab.

Die dritte Nacht im Keller. Ich fühle immer nach meinem Kameraden, ob der noch da ist. Liege ich auf dem Rücken, so fällt mir der Dreck ins Gesicht, liege ich auf der Seite, so laufe ich Gefahr, zuerst im Gesicht getroffen zu werden, liege ich auf der anderen Seite, wird der Rücken eisig kalt. Nach jedem Einschlag zittert der Keller. Der Tabakrauch ist zum Schneiden und die Luft so, dass ich am liebsten die Gasmaske aufsetzen würde. Am Morgen wagen wir uns nach draußen. Sonne! Die Giebelwand unseres Hauses ist durchlöchert. Um einen zersplitterten Baumstumpf flattern Sperlinge herum. Auf den Stufen liegt eine zerschmetterte Katze. Daneben finden wir ein Brot und eine Packung Tee und nehmen sie.

Wir haben den zweiten Unterstand erreicht. Aber er hat ein Loch, und wir fühlen uns wie in einem lecken Schiff, und ein zweiter Einschlag darf nicht kommen. Einige fangen an, vom lebendig Verschüttetwerden zu reden, und das kann man eigentlich gar nicht aushalten. Sie sagen nicht mal verschüttet, sondern gleich begraben. Ich bin als Krankenträger hier und warte darauf, hier rauszukommen und zum Einsatz.

Wieder sind Regeln eingelegt. Acht Seiten in schneller Bleistiftschrift. Sie zählen auf, was in der Tasche des Krankenträgers enthalten sein soll, Essig, Kleiderschere, antiseptisch durchtränkter Mull, Sicherheitsnadeln und elastische Binden zum Beispiel und dass bei *leerer Trage die Kommandos exerziermäßig, bei voller Trage gedehnt erfolgen.* Aber auch:

Das Aufsuchen der Verwundeten ist oft schwierig. Sie liegen in gedeckter Stellung. Bei Lungenschuss, Herzschuss und Bauchschuss ist keine Labung zu reichen ... Nicht transportfähig sind Leute mit weggerissenen Gliedmaßen, offenem Leib, starkem Blutverlust und freigelegter Brust ... Bei Kopfschuss sitzend transportieren, um Blutandrang nach dem Kopf zu vermeiden. Der Scheintod ist bei freigelegtem Unterleib und geringer Atmung in der Magengrube zu erkennen.

Das geht so seitenlang, und am Ende steht hingekritzelt und außerhalb aller Regeln:

Und wenn der Mann blutend im Drahtverhau hängt, und das Trommelfeuer geht wieder los??

11. Dezember 1916

Nach den schlimmen Tagen bei Chaulnes an der Somme sind wir jetzt in Ruhe in einem kleinen Ort und nicht mehr eine zur Nummer gewordene lehmgelbe Masse. Das Tragen der Verwundeten war unendlich schwer, denn die Granaten sehen die roten Kreuze auf unseren Uniformen nicht. Während der Krieg mit den technisch vollkommensten Mitteln und den neuesten wissenschaftlichen Errungenschaften geführt wird, lebt der Soldat primitiver als je zuvor. Das Leben unter der Erde regieren Flöhe, Läuse, Kälte, Schlamm und Angst, damit ein paar Erdhaufen erobert oder verteidigt werden. Dass die Gräber hinter dem Gutshof im Regen eine friedliche Erinnerung sein würden, hatte ich mir nicht träumen lassen. Aber ich glaube, ein paar Leute verdanken uns ihr Leben. Hier ruhen wir uns aus für irgendetwas, das noch kommen wird. Erst habe ich mit gefangenen Franzosen in der Seuchenstation Karten gespielt, aber dann hatte ich doch keinen Typhus. Wir sind in richtigen Quartieren, in Häusern mit Wasser und Feldbetten. Unseres muss eine Werkstatt gewesen sein. Es gibt Öfen.

Man macht hier Militärmusik, es gibt Kino, und es gibt eine Baracke, vor der die Soldaten Schlange stehen und mit einem verlegenen Grinsen wieder herauskommen. Für mich ist das nichts, und ich versuche zu schreiben. Habe zwei Entwürfe fertig über einen Mann, der träumt, verschüttet zu sein, und über den Krieg aus der Sicht einer Granate, die ich Titan nannte. Das Wichtigste ist, dass der geistige Tod nicht vor dem leiblichen eintritt. Aber die Hüter des Militarismus werden uns schon noch den letzten Rest von Geist aus dem Gehirn blasen. A propos Gehirn. Ich bin nicht religiös. Ich bin ein Anhänger Haeckels und habe mich immer als Teil der Natur gut aufgehoben gefühlt. Aber was ist mir wie ein Mühlrad im Kopf herum gegangen, wenn die Einschläge nicht aufhörten? »Mach End', o Herr, mach Ende!« Es war nicht abzustellen. Aber ein Ende hat er noch nicht gemacht.

Feldpostpäckchen aus der Heimat von unbekannten Leuten sind ein Paradies. Ich bekam Birnen und Schokolade und Zigarren. Aber weil Papier so knapp ist und keins dabei war, ist mir beinah ein großer Fehler passiert. Dafür habe ich Bruno kennen gelernt. Das ging so: Es gibt doch diese Ansichtskarten mit den putzigen Kindern, die Krieg spielen. Eigentlich unfassbar, dass man so etwas macht. Sie sind gemalt wie im Bilderbuch, rund und bunt, mit Apfelwangen und Kulleraugen und tragen kleine Pickelhauben und hocken unterm Tisch und spielen Unterstand. Sie eskortieren mit aufgepflanztem kleinem Bajonett den gefangenen Feind mit seinem Holzpferdchen übers Gelände und sitzen auch mal auf einer Kanonenkugel, die gerade abgeschossen wurde, und wünschen »Herzliche Ostergrüße!«.

Ein ganzer Stoß davon lag in der Schreibstube, und ich hatte kein Papier zum Zeichnen. Ich habe mir welche genommen und die Rückseiten benutzt, für kleine Bleistiftskizzen, die ich schon lange im Kopf hatte. Nicht das Schlimmste natürlich. Aber das, was ich gesehen habe. Menschen kann ich ohnehin nicht so gut malen. Aber zwei im Laufschritt mit der Trage, auf der ein Bündel liegt, und verrenkte Glieder im Drahtverhau und zersplitterte Baumstümpfe und Krähen und die zerschmetterte Katze sind da schon. Aber auch ein Tisch im Unterstand mit der Kreidelinie als Grenze in der Mitte zum Abteilen der Bereiche. Und wie wir essen. Bruno hatte die Karten liegen sehen, ich hatte sie ja auch nicht versteckt, und fand sie ganz gut gelungen.

»Bist du wahnsinnig«, sagte er leise. »Nimm das sofort weg. Das ist subversiv, mit den Witzfiguren auf der Vorderseite.«

Bruno kannte ich bis dahin nicht. Er ist erst hier zu uns gestoßen und kein Sachse. Ich glaube Berliner. Und er ist ein Maler, ein richtiger, mit Studium auf der Akademie! Und trotzdem nur Gefreiter. Ich glaube, er wollte das so. Ich hätte ihn eher für einen Bildhauer gehalten mit diesen kräftigen Händen. Am Gesicht sieht man, dass er schon »gelebt« hat, wie man so sagt. Eingegrabene Linien und Lachfalten, dazu sehr helle Augen. Aber so kaputt, wie wir hier aussehen, kann man physiognomische Einschätzungen überhaupt nicht machen. Zehn Jahre älter als ich ist er bestimmt.

»Aus Dresden bist du«, hatte er gesagt und gegrinst, »gute Bohème dort.«

Auf mich trifft das ja nun nicht gerade zu. Er ist begeistert, was ich alles kenne. Die Brückemaler, Heckel, Kirchner, Schmidt-Rottluff und das ganze Farbenglück.

»Franz Marc ist tot«, sagte er leise, »wusstest du das? Ist ganz in der Nähe von hier gefallen. Gleich um die Ecke. Alles wegen des Wahnsinns. Die werden schon noch sehen.«

Das ging mir zu weit. Und auch, dass er sich über mich lustig machte, als ich ihm später erzählte, dass ich im Kasino vor den Offizieren Zauberkunststücke gemacht hatte. Ein Offizier hatte mich beobachtet, wie ich mit Karten übte, und mich eingeladen.

»O nee, hast du so etwas nötig«, sagte er verächtlich.

Für mich war das aber wie ein Wegfliegen, weg von all dem hier, einfach weg. Wie beim Zauberer im Zirkus Sarrasani im großen Rundbau an der Elbe, in den ich mich als Kind ohne Eintrittskarte eingeschmuggelt habe.

»Aber auf diese Karten malst du nicht«, bestimmte Bruno. »Ich besorg dir Papier.«

Das hat er dann auch getan. Sogar dieses dicke Heft hier.

Es ist ein Genuss, mit ihm zu reden, obwohl er wahrscheinlich ein Revolutionär ist. Auch macht er mich beim Zeichnen befangen, weil ich eben auf keiner Akademie war. Pflanzen, Blumen, einen Feldrain, was ich am liebsten male, finde ich hier nicht. O Gott, einen Feldrain! Dass es so etwas irgendwo auf der Welt noch gibt. Ich habe eine unbändige Liebe zur Natur. Schon als Kind habe ich mir ein Herbarium angelegt, aber dann haben sie mir zu Hause das »krümelige blasse Zeug« weggeschmissen. Die aufräumenden Schwestern? Die Mutter? Aber dass ich mich mit Pflanzen und besonders mit Kräutern auskenne, hat nun damit zu tun, dass etwas passiert ist. Eigentlich wollte ich hier in diesen Ruhetagen an meinen Geschichten arbeiten. Immerhin hatte eine Lausitzer Zeitung ein Gedicht von mir aus dem Feld abgedruckt. Manchmal werden wir zum Schanzen abkommandiert. Aber im Grunde hätte ich Zeit. Und nun kann ich mich darauf nicht konzentrieren.

Einige von den Kameraden hatten Bauchschmerzen, manche sogar Krämpfe. Das ging so schon seit ein paar Tagen, und weil sie nicht von Durchfall begleitet waren und keiner in die Krankenbaracke wollte und ich es nicht lassen kann, mir Gedanken zu machen, überlegte ich, wenn wir doch nur Salbeiblätter hätten! Mir fiel ein, dass ich auf der Hauptstraße im Ort, an der Ecke zum kleinen Marktplatz ein Schild »Pharmacie« gesehen hatte. Wäre doch möglich gewesen, dass sie dort in einem großen Holzkasten noch Vorräte von den im Sommer gesammelten Salbeiblättern hatten. Salvia officinalis müssten sie verstehen. Ein bisschen Französisch kann ich von der Bürgerschule her. Meine Nasale knallen gegen den Gaumen wie Schrapnells. Elegant klingt das nicht. Deshalb wollte ich lieber nach Salvia officinalis fragen, das würde Vertrauen schaffen bei einem Apotheker. Ich meldete mich ab und sagte, dass ich versuchen wollte, Kräuter aufzutreiben, und ein paar Minuten später stellte ich fest, dass ich zum ersten Mal wieder allein auf einer richtigen Straße stand. Allein, weil keine Kameraden herumliefen, und andere Menschen auch nicht. Eine menschenleere, stille Straße, mit Häusern zu beiden Seiten, fast alle einstöckig in einer Reihe und hier und da mit Büschen dazwischen und mit unzerstörten Türen und Dächern. Die Wände aus einer Art Tuffstein oder gekalkt und alle verschmutzt, die Fenster blind, aber ganz, und manche hatten am unteren Rand ein zierliches Gitter aus geschwungenem Schmiedeeisen. Das kenne ich von Dresden so nicht. Am Straßenrand Rinnen für den Abfluss von Wasser. Das kenne ich vom Erzgebirge. Die Straße ging sachte bergab, vielleicht in Richtung Fluss. Geteert war sie nicht, aber fest, wie mit Kieselgemisch gestampft, keine Farben, alles grau, silbergrau, grauweiß, aber nicht dieses ewige Lehmgelb. Früher hätte ich gesagt: trostlos. Aber jetzt fand ich es schön. Und so ein helles Licht an diesem Wintertag. Zu der Pharmacie führte ein Treppchen hinauf, so ein zweiseitiges, das in einem kleinen Podest endet. Aber es war gar nicht nötig, hinaufzusteigen: Alles geschlossen, die Tür mit einem Holzbalken verrammelt. War das für immer? Das kleine Freudegefühl sackte weg, und am liebsten wollte ich gleich wieder zurück ins Quartier. Bei einem Haus gegenüber der Apotheke war das Gartentor offen. Eigentlich hing es in den Angeln und ließ sich wohl nicht mehr schließen. Auf dem Weg, der am Haus entlang nach hinten führte, lief eine Rabatte mit Taxuskugeln und kahlen Rosenstöcken, und ich dachte ein bisschen konfus, ob es vielleicht auch ein Kräuterbeet geben könnte, und war auf einmal schon drin. Vielleicht wollte ich noch etwas anderes sehen als eine wie ausgestorben daliegende Straße. Hinterm Haus war tatsächlich ein großer Garten, winterlich kahl, aber ein richtiger Garten mit Rasenstück und Kirschlorbeer und Feuerdorn und seinen roten Beeren und in der Ecke ein kleiner Holzpavillon, achteckig und ziemlich verrottet, aber ein Pavillon wie in Pillnitz, und ich dachte, Heulen bringt gar nichts.

Ich hatte nicht gehört, dass jemand etwas rief. Aber dann erschrak ich sehr und drehte mich um. Da saß sie auf einer schmalen Holzbank an der Hauswand, das Mädchen oder die Frau, im ersten Augenblick konnte ich das nicht genau unterscheiden, so erschrocken wie ich war. Aber das Bild vor der kalkweißen Wand, die in dem hellen Licht beinahe blendete, das vergesse ich nie. Sie trug einen langen grauen Rock, die Füße steckten in schweren Männerschuhen und standen ein wenig auseinander wie in den Boden gestemmt, um auf dem Schoß eine große Tonschale halten zu können. Und dann diese leuchtend rote dicke Jacke, die fuhr mir in die Augen, als hätte ich seit hundert Jahren das erste Rot wieder gesehen. Das viele Blut der letzten Monate zählt nicht. Das ist etwas völlig anderes. Ihr Gesicht habe ich in der ersten Schrecksekunde gar nicht wahrgenommen, nur die langen braunen Haare.

»He«, rief sie, und ich dachte völlig verblüfft, die spricht ja ein H aus, wo sie uns doch in der Schule beigebracht haben, dass die Franzosen kein H sprechen können. Das war in diesem Moment ein sehr unangebrachter Gedanke. Sie schien jedenfalls nicht erschrocken zu sein und hatte überhaupt keine Angst.

»He, Soldat«, sagte sie noch mal und machte eine fragende Geste mit der Hand, die klar ausdrückte, was ich hier wohl wollte.

Ich ging langsam auf sie zu, blieb in einiger Entfernung stehen und stotterte »Salbei, Salvia«, und verfluchte mich, dass ich nicht einmal das französische Wort für Kräuter wusste und hampelte vor ihr herum, um Bauchschmerzen zu zeigen und ein Blatt mit den Fingern zu formen, und endlich fiel mir »Medikament« ein, und ich schwenkte mit dem Arm über die Pflanzen und Gewächse rundherum. Sie beobachtete das alles aufmerksam und deutlich darum bemüht, mich zu verstehen, und verfolgte meine Hände und Bewegungen, mit denen ich Bauchschmerzen auszudrücken versuchte, sodass ich mir, ihre Augen direkt auf meinen Bauch gerichtet, plötzlich albern vorkam und mitten in der Bewegung aufhörte. Sie stand auf, stellte die Tonschale, in der geschnittene Möhren lagen, neben sich auf die Bank, winkte mir, ihr zu folgen, und ging quer durch den Garten am Pavillon vorbei auf einen hüfthohen Busch mit vielen kleinen stumpfgrauen Blättern zu. Ich hatte es gleich erkannt, noch bevor sie einen Zweig abbrach, ihn mir vor die Augen hielt und »sauge« sagte. Mich überfiel eine Woge von Glück. Ich kam mir vor wie der Nachbarsjunge, der eben mal rübergekommen war, um Petersilie zu holen, so selbstverständlich. Jetzt sah ich auch, dass sie jung war und braune Augen hatte und einen schön geschwungenen vollen Mund. Sie fragte mit einem Blick, ob ich ein paar Zweige wollte, brach großzügig einige ab und drückte sie mir in die Hand. Energisch und abschließend sagte sie »Voilà«, wandte sich um und ging zu ihrer Bank und der Tonschale zurück. Und ich stand mit meinem Salbeibündel auf der Wiese und wäre am liebsten mein Leben lang da stehen geblieben. Sie schnippelte weiter an ihren Möhren und machte eine Kopfbewegung zu mir hin, die wohl in allen Ländern der Welt ohne jedes Sprachproblem bedeutete: Was ist noch? Adieu. Und ich brachte ein Lächeln zustande und sagte »Merci« und schaffte es noch, einen bewundernden Blick auf die Keramikschale zu werfen. Das war so eine Schale, hellbraun und sehr offen, wie ich sie bei den Bauern in den Elbdörfern erbitten wollte, wenn ich dafür ihre Höfe malte, mit Aquarellfarben. Dann sagte ich noch einmal »Merci« und »Au revoir« und musste endlich gehen.

Ein Glück, dass ich das Salbeibüschel hatte, denn auf dem Weg zum Quartier raunzte mich ein Offizier an, den ich nicht rechtzeitig gegrüßt haben sollte. Er blieb stehen und sah mich an, wartend auf eine Entschuldigung oder was weiß ich, und ich konnte ihm knapp und einwandfrei erklären, dass ich für die Kameraden Teeblätter gegen – ich deutete auf meinen Bauch – aufgetrieben hätte, und er nickte auf einmal interessiert und dachte vielleicht, dass er sie auch einmal nötig haben könnte. Der Tee half, und einige fühlten sich besser. Aber es war zu wenig. »Wir brauchen mehr davon«, sagten sie, und ich hoffte, dass keiner mitkommen wollte.

Aber so ein Kraut interessiert glücklicherweise niemanden. Es soll nur zur Hand sein. Keiner fragte, wo ich es gefunden hatte. Dann war alles wie beim ersten Mal. Die Pharmacie verrammelt, die Straße menschenleer, und das Gartentor hing in den Angeln. Ich ging einfach hinein, aber auf der Bank saß niemand, und die Tür war verschlossen. Nichts rührte sich, als ich klopfte und an der Tür rüttelte. Dieser Tag war trüb. Ich hatte schon ein paar Schritte auf den Rasen in Richtung Pavillon gemacht, da fiel mir ein, dass das so nicht ging. Es war nicht mein Garten. Ich drehte mich auf dem Absatz um und marschierte zurück, zügig und ohne viel zu überlegen. Als die Kameraden maulten und provozierend fragten, ob ich bei schlechtem Wetter keine Lust zum Sammeln hätte, winkte ich nur ab, und sie ließen mich in Ruhe.

Erst in dieser Nacht fand ich keinen Schlaf und konnte an nichts anderes mehr denken als an die Bank an der Hauswand und an das Mädchen in der dicken roten Jacke und wie sie aufstand und mit mir über den Rasen ging und mir die Blätter in die Hand drückte und dass ich das noch einmal wollte, genauso und immer und immer wieder.

Auch am nächsten Tag lag die Straße still und menschenleer. Als ich aber am Gartentor vorbeigegangen war, langsam und auf die Fenster starrend, hörte ich ein leises Geräusch, und als ich mich umwandte, stand sie dahinter, lachte und fragte: »Sauge?« Keine dicke rote Jacke diesmal, keine klobigen Schuhe, sondern knöchelhohe Knöpfstiefel, sehr städtisch, ein schmaler Rock und eine blaugraue Weste mit enger Taille. Sie ging rasch voran, und dann standen wir am Salbeibusch hinter dem Pavillon. Ich bin nicht gerade groß, aber kräftig. Da war es gut, dass sie eher kleiner ist. Gut wofür? Sie erschien mir fremder als am anderen Tag. Nichts mehr von Nachbarskind, und ich dachte, ihre Kleidung passt gar nicht dazu, dass wir hier mitten im Krieg sind. Passte viel weniger als der Bauernrock und die groben Schuhe zu meiner feldgrauen Drillichuniform. Sie zeigte mit einer Handbewegung, dass ich selbst so viele Zweige abbrechen sollte, wie ich wollte, und ich knickte ein Bündel ab. Jetzt sollte ich gehen, dachte ich, aber ich konnte es nicht. Noch mal Salbei holen wird nicht funktionieren, und am Ende sind alle gesund. Und dann? Sie jedenfalls bewegte sich und ging zum Haus zurück, wandte sich aber zu mir um, deutete auf die Bank und verschwand im Haus. Und ich setzte mich auf das Holzbrett, auf dem sie gesessen hatte, mit dem weiten Rock und der Tonschale auf dem Schoß, und konnte es nicht fassen, dass sie mit einer Flasche und zwei Gläsern zurückkam und sich neben mich setzte. Gläser waren das nicht, sondern Tonbecher, wie selbst getöpfert und eigentlich klein wie Eierbecher und einfach schön. Sie schenkte uns ein, und als sie mir einen in die Hand gegeben hatte, berührten sich unsere Fingerspitzen, und die ihren waren ganz warm, und ich spürte ihr Blut pulsieren. Das ist natürlich Unsinn, das geht gar nicht in so einer winzigen Sekunde. Sie hob den Becher und trank und ich natürlich auch, einen wunderbaren Cognac, der mir heiß bis in die Fußspitzen fuhr. Dann sagte sie etwas. Sie sprach! Damit hatte ich nun überhaupt nicht gerechnet und verstand nur Laute, also gar nichts.

»Je vous ai vue!«, wiederholte sie geduldig und langsam und zeigte mit dem Kopf in Richtung Pavillon.

Da verstand ich, dass sie mich beobachtet hatte, als ich auf dem Rasen kehrtmachte, und meine Stimmung sackte schlagartig ab. Belohnung für Ehrlichkeit. Na prima. Braver Soldat bekommt einen Schnaps, weil er nicht geplündert hat. Ich hätte gleich kotzen können, so wütend wie ich war. Was hatte ich denn erwartet. Nicht der Rede wert, drückte ich mimisch aus, und wollte schon aufstehen. Da zeigte sie mit einem Lächeln erst auf meine Haare, dann auf meine Augen und beugte sich ziemlich nahe zu mir heran und sagte:

»Pas blonds, pas bleus. Noirs et bruns comme les miens.«

Und ich setzte mich sofort wieder hin und sagte »Oui« mit glasklarer Aussprache. Darauf begutachteten wir gegenseitig unsere Haare und unsere Augen und hörten so bald nicht damit auf, bis ein Hund bellte. Er bellte auf der anderen Seite des Hauses, neben der ein Drahtzaun entlanglief. Sie stand rasch auf, steckte die kleinen Becher in die Westentasche und winkte mir zu gehen. Ich nahm die Zweige, wandte mich zum Weg und hörte gerade noch ihr leises Pfeifen.

»À demain«, sagte sie und verschwand in der Tür.

»Demain« heißt morgen, »aujourd'hui« heißt heute und ist schwierig zu schreiben. Und »gestern« fiel mir nicht ein. Ich brauchte es auch nicht. »Demain« heißt morgen. À demain, à demain, à demain!

Im Quartier hatte ich das Gefühl, etwa ein Jahr weg gewesen zu sein, aber es war wohl nur eine gute halbe, höchstens eine Stunde, und die Kameraden nahmen die Salbeiblätter, als käme ich aus der Nebenstube, und fingen gleich an, den Tee zu kochen. Das ganze Unternehmen verschaffte mir Respekt. Nur Bruno machte eine spöttische Bemerkung. Was, habe ich vergessen. Aber er hatte auch keine Beschwerden. Beschwerden verändern die Menschen nämlich sehr schnell. Schmerzen sowieso. Aber es genügen schon ein paar Durchfälle, und sie werden schwach. Man wird schwach.

Mit den Kameraden kann ich es aushalten. Manche sind sehr grob, besonders die Witze. Und mit wem hält man es schon gern in dauernder Nähe mit allen Gerüchen und Geräuschen aus. Was wir gemeinsam haben, ist, dass wir nichts wissen. Nicht, wohin es gehen wird und wann. Und wenn irgendeine Unruhe entsteht, wenn die Offiziere eilig hin und her laufen oder Papiere geschwenkt werden, halten wir den Atem an und lauschen, bis klar ist, dass wir nicht vorzeitig abberufen werden, dass wir noch bleiben dürfen.

13. Dezember 1916

»Demain« war ein Dienstag und die Straße auf einmal belebt. Woran das lag, weiß ich nicht, und ich hatte nicht damit gerechnet. Sogar Kinder rannten herum, und eine Frau mühte sich mit einem Handwagen, und als ich ihr beim Schieben über eine Schwelle half, wandte sie den Kopf ab. Mir fiel plötzlich ein, dass wir Schwierigkeiten bekommen könnten, sie und ich, wenn ich ohne besonderen Auftrag einfach in diesen Garten hineinmarschierte. Allerdings sind einige von uns auch in Privatquartieren untergebracht. Eben. Da war ich schon an der Rabatte vorbei und an der Rückseite des Hauses. Es musste in der Nacht geregnet haben, denn die Bank war nass. Trostlos. Was hatte ich hier überhaupt zu suchen, wenn ich nicht auf einer Bank einen angebotenen Cognac trinken und mich mit einem Riegel Schokolade aus einem Liebesgabenpäckchen aus Sachsen für die reichliche Versorgung mit heilkräftigen Salbeiblättern bedanken durfte. Nämlich nichts. Aber die Tür ging auf, sie stand auf der Schwelle, blickte auf die nasse Bank und zum grauen Himmel und winkte mit dem Kopf, und ich war im Haus. In einem durchgehenden Flur, an dessen Ende ich die Haustür von innen sah, mit Körben am Boden und Mänteln an Haken und an der Wand einem Holzstuhl mit gelbem geflochtenem Sitz wie auf dem Bild von van Goghs Zimmer. So einen hatte ich noch nie in Natur gesehen. Sie öffnete die Tür zur Küche, und ich dachte, sie lässt mich also nicht im Flur stehen. Aber dort ist ja nur ein Stuhl. Ich könnte zum Beispiel die Einquartierung sein. Die Küche war gekachelt, und in halber Höhe lief ein Fries mit einem blau-gelben Muster aus runden Blüten. Tonkrüge auf einem Bord und ein Kupferkessel an der Wand und in der Mitte ein Tisch aus schwerem Holz. Irgendwie wohlhabend. Wir setzten uns an dem Tisch einander gegenüber, und sie stellte wieder die beiden Becher hin. Ich wehrte erst einmal ab und schob den Schokoladenriegel über den Tisch. Beide mussten wir lachen. Richtig lachen. Denn es sah aus wie ein vorsichtiger Tauschhandel unter wilden Stämmen, verfeindeten Stämmen. Jedenfalls empfand ich das so und hatte

Szenen aus dem Völkerkundemuseum vor Augen. Sie dachte sicher an etwas ganz anderes. Verlegenheit war es natürlich auch. Ich rede eigentlich viel, und meine Familie und auch die Kameraden sagen, ich könne andere regelrecht vollquatschen. Aber hier ging das nun gar nicht. Mir fiel allerdings auch auf Deutsch nichts ein. Es lag nicht am fehlenden Französisch. Da sagte sie:

»Ich verstehe ein wenig Deutsch. J'ai passé deux ans en Alsace. Mais je ne le parle pas.«

Das hatte wiederum ich verstanden. Das war ja gut, wunderbar war das, ganz wunderbar. Nur wusste ich immer noch nicht, was ich sagen sollte. Ich sah sie nur an. Ihre Augen waren neugierig und blickten heiter. Heiter trotz allem, das trifft es. Die Nase nicht gerade zierlich, eher kräftig. Ist das nun typisch französisch? Wie sieht typisch französisch aus? Dem »Schokoladenmädchen« in der Galerie am Zwinger gleicht sie jedenfalls nicht, und das muss wohl typisch französisch sein, aber aus einem anderen Jahrhundert. Der Erbfeind, und dann weiß man gar nicht, wie er aussieht, typisch aussieht. Vor dem Krieg habe ich überhaupt keine Franzosen gesehen. Und hier erst nach der Somme, in der Seuchenbaracke, die Gesichter von nahem, meine ich, also erst nach der Schlacht, wirklich gesehen. Schon verrückt. Das ging mir alles rasend schnell durch den Kopf. Vielleicht etwas länger als rasend schnell, denn sie fuhr mit dem Finger vor meinem Gesicht hin und her und beugte sich dabei wieder weit zu mir herüber, fast über den ganzen Tisch, und fragte:

»Tu rêves?«

Und ich verstand immerhin so viel, dass sie meinte, ich träume mit offenen Augen, und schüttelte energisch den Kopf, und sagte, »non, non«, und griff ohne zu überlegen mit beiden Händen zu und hatte auf einmal ihre Hand in der meinen und hielt sie fest. Und weil der Tisch zwischen uns war, konnte das auch eine Weile so bleiben. Aber nicht ewig. Also tranken wir doch noch den wunderbaren Cognac. Bevor sie einschenkte, sagte sie leise, »je m'appelle Adèle«, und zeigte auf sich, genauer, auf ihren schönen, hochgeschnürten Busen, auf dem ein silberner Anhänger baumelte, den ich ausgiebig betrachtete.

»Alors?«, sagte sie fragend.

Und ich: »Ach so, Max.«

»Oh, Maximilien!«

Sie lächelte und zog anerkennend die Augenbrauen hoch, und ich fühlte mich schlagartig erhoben, in einen anderen Rang. Warum war ich darauf noch nicht gekommen. Max hieß jeder. Aber wer hieß schon Maximilian. Maximilian, der letzte Ritter, schoss mir durch den Kopf, und ich ließ es mir gefallen, und nickte einfach.

Ich habe schon eine Menge hübsche Mädchen vollgeredet. Aber es funktionierte nie. Sie waren gelangweilt, im Museum sowieso. Und ich war enttäuscht. Immer habe ich jemanden gesucht, mit dem ich mich unterhalten kann. Über Jean Paul zum Beispiel, oder über Nietzsche und Lombroso. Das war eine große Sehnsucht. Und hier konnte ich gar nichts erzählen. Und mir war heiß, als müsste ich verglühen. Mitten im Krieg. Mitten im Krieg und mitten im Feindesland. War es Vormittag oder Nachmittag an diesem Dienstag? Ich erinnere mich nicht. Bei dem Betrieb auf der Straße kann es nicht um die Mittagszeit gewesen sein, vielleicht später. Hunger hatte ich keinen, und trüb war es sowieso. Es ist ja Dezember.

Sie stand auf und winkte mir, ihr zu folgen, blieb vor einer Tür auf der anderen Seite des Flurs stehen und machte ein verheißungsvolles Gesicht, als würde sie gleich ein Geheimnis enthüllen. Blaubarts Tür wird geöffnet, so in der Art. Geheimnis war es dann weniger, aber überraschend schon, weil es sich um eine Zahnarztpraxis handelte. Der Behandlungsstuhl in der Mitte und an den Wänden Schränkchen mit Milchglasscheiben, hinter denen Flaschen und Geräte verschwommen zu erkennen waren. Alles in gelblich verschossenem Weiß, verschlossen und die Oberseiten kahl abgeräumt. Sie schwang sich rasch auf den erhöhten Sitz, lachte von oben auf mich herab und machte pantomimische Bewegungen des Zahnziehens wie ein Bader auf dem Jahrmarkt, und ich fand das alles ein bisschen albern, aber anmutig, trat an den Stuhl heran, fasste sie fest um die Mitte, hob sie hoch und schwenkte sie in der Luft und dachte, er nimmt mir den Atem, dieser warme, feste Körper in meinen Händen, und ich setzte sie behutsam ab. Dann war nicht sie verlegen, sondern ich. Sie ging zum Fenster, und später im Quartier wurde mir klar, dass da der Augenblick für einen Kuss gekommen war, und ich hatte dagestanden wie ein verunglückter Parzival und nichts kapiert, Tölpel, der ich bin. Sie schwang sich aufs Fensterbrett, schob die Halbgardine aus grober Spitze ein wenig zur Seite und bedeutete mir, mit ihr auf die Straße zu blicken. Es schoss mir durch den Kopf, warum sie keine Bedenken hatte, obwohl sie Schwierigkeiten bekommen könnte mit einem Besatzer am Fenster. Ich sollte wohl auch nicht da herumstehen. Vielleicht machte der Gedanke Einquartierung so sorglos. Ich blieb ein wenig im Hintergrund, verdeckt von der Wand neben dem Fenster. Auf der Straße war allerhand Bewegung. Den Balken vor der Apotheke hatte man entfernt, und auf den Treppen stieg hin und wieder jemand hinauf oder hinab. Für mich aber war kein Bedarf an Salbeiblättern. Ein paar Kinder liefen einem Ball nach. Und als meine Augen einem Mädchen mit Milchkannen folgten, sah ich auf der gegenüberliegenden Seite vor einem Laden mit Treppe zum Souterrain eine lange Schlange. Dunkel gekleidet, mit Umhängetüchern und unter großen schwarzen Schirmen standen sie da im feinen Regen mit ihren Milchkannen. Die glichen aufs Haar unseren zu Hause, aus weißer Emaille oder aus Blech. Champagne, darunter hat man sich etwas anderes vorgestellt.

Sie zeigte mit der Hand auf die Häuserreihe gegenüber, hinter deren Fenstern sich nichts regte. Auf eines nach dem anderen und nannte Namen, die ich mir nicht so schnell merken konnte. Sie klangen wie Clément, Sautet, Butor. Und jedes Mal bewegte sie die Hand im Gelenk und deutete einen Vogel an, der davongeflogen war. Die Bewohner der Hauptstraße hatten ihre Bürgerhäuser mit den kunstvollen Gittern und den präzise geschnittenen Gärten verlassen. Und sie? Warum war sie geblieben, allein in dem verlassenen, aber ganz und gar nicht ausgeplünderten Haus? Wer war sie? Die Tochter des Zahnarztes, die Hausangestellte, eine Verwandte? Jemand, der gar nicht hierher gehörte? Sollte sie das Haus bewachen? Aber wie? Hatte sie keine Angst, dass die Front näher rückte? Hatte sie Verbindung zum deutschen Heer, weil sie im Elsass gelebt hatte? Wollte sie etwas von mir, oder hatte sie mich gern, einfach gern? Ich gefiel ihr, weil ich schwarze Haare habe und braune Augen und eine glatte Haut und eine gerade Nase und kräftige Hände und höflich bin und eben ein Mann, der einem gefallen kann in dieser Ödnis, in der alle Türen und Fenster geschlossen und verrammelt sind und es tagaus, tagein nichts zu sehen gibt außer Frauen unter großen Umschlagtüchern und Mädchen mit Milchkannen. Und es war mir egal. Sie war unbekümmert, und ich war auch unbekümmert, und ich machte einen Schritt aus dem Schutz der Fensterwand und fasste sie um die Taille, weil ich nichts so sehr und überhaupt nichts anderes begehrte, als diesen warmen, festen Körper in meinen Händen zu spüren. Erst da merkten wir, dass uns kalt war und dass wir beide ein bisschen zitterten.

»Il fait froid«, sagte sie und schüttelte sich, als ich sie vom Fensterbrett hob.

Dann hatten wir immerhin beide so viel Verstand, dass wir in den hinteren Teil des Raumes traten, als ich sie fest in die Arme nahm. Ich hatte keine Ahnung, wie viel Zeit vergangen war, aber ich musste weg, das stand fest. Wir hatten ja das »demain«, das schönste Wort der schwierigen französischen Sprache.

18. Dezember 1916

Es gab kein »demain«. Jedenfalls nicht das, worauf ich gehofft hatte. Wir sind eigentlich hier, um uns auszuruhen, von der Hölle für eine neue Hölle, oder was weiß ich. Aber davon war auf einmal keine Rede mehr. Von Rede sowieso nicht zu reden, sondern von Befehl. Der kam im Morgengrauen und hieß: Rauf auf Lastwagen und Gott sei Dank nicht feldmarschmäßig und nicht Fronteinsatz, sondern nur Spatenfassen und Gräben ausheben. Als wir, den Schreck noch in den Knochen, aus dem Ort fuhren, vierundzwanzig Mann zusammengedrängt auf der Ladefläche, feldgrau sowieso, kam uns ein Offizier zu Pferde entgegen. Vielleicht hatte er sein Pferd in der Frühe »bewegt« oder es am nahen Fluss trinken lassen. Straffe Uniform, blitzende Schulterstücke. Er wandte den Kopf, beugte sich zu dem Pferdehals auf der anderen Seite, als habe er dort etwas entdeckt. Kein Blickkontakt zu uns, kein Grüßen erforderlich! Doch Bruno klopfte mit dem Fingernagel einen Rhythmus auf ein Metallscharnier an der Wagenplanke, leise, aber hörbar, und der Kopf eines Kameraden zwei Bänke vor uns fuhr herum. Ich bin unmusikalisch und unpolitisch, aber die Töne hatte ich schon einmal gehört, »Schwarz-braun ist die Haselnuss« war das nicht, die Marseillaise aber auch nicht.

Wir fuhren längere Zeit mehrere Kilometer und wussten nicht, ob nach Osten oder nach Westen, Norden oder Süden und auch nicht, was es zu bedeuten hatte für den Verlauf der Front, oder für den erwarteten Verlauf der Front, wenn es ums Ausheben von Gräben ging. Wieder gelbbrauner, zäher Lehm, wo am Anfang noch winterlicher Rasen, unzerstörte Krume und blasse Stoppeln zu erkennen gewesen waren. Der Nieselregen hatte aufgehört, die Luft war trocken, und beim Aufblicken sah man klar einen leicht gewellten Horizont und kahle Bäume, die noch ihre Kronen hatten. Es wäre ein Tag für das Sitzen auf schmaler Bank, eine weißgraue Hauswand im Rücken, Taxuskugeln und einen hölzernen Pavillon im Blick. Stattdessen Lehm und Faschinen, Baracken und stinkende Latrinen.

Nach vier Tagen ging es zurück zum Quartier in der alten Küfnerei und zu bleiernem Schlaf. »Demain« war frei und Sonntag. Eine Glocke bimmelte dünn. Das Warten auf die lauwarme Dusche in der Waschbaracke, der Geruch nach Desinfektionsmitteln, die Rempeleien der Kameraden, die Schlieren auf dem nassen Boden, nichts störte mich. Ich war nur ein paar Hundert Meter von einem stillgelegten Zahnarztstuhl und einem verrotteten Gartenpavillon entfernt und überlegte fieberhaft, wie ich ihr erklären konnte, dass ich ohne meine Schuld vier Tage weggeblieben war. Ich versuchte es im Geist erst auf Französisch, und das war nicht so leicht, und dann im knappsten, reduzierten, jedem Kind auf Anhieb verständlichen Deutsch, und das war auch schwierig. Aber dann brauchte ich das gar nicht. Alles war einfach, das Leben war einfach, die ganze Welt war einfach. Ich stand an der Hintertür und klopfte, sie öffnete, legte mir den Finger auf den Mund und schlug die Arme um meinen Hals. Sie duftete. Ihr Haar, ihre

Haut, ihre Bluse, ihre Hände, alles duftete nach Frische, nach Zitrone oder Calendula oder Mandeln oder nach allem zusammen, ich weiß es nicht. Vielleicht hatte ich sie beim Ankleiden überrascht. Sie war im langen Unterrock aus weichem Flanell und trug wollene rote Socken, und die vielen kleinen Knöpfe der strahlend weißen Bluse musste ich nicht öffnen. Kaum erkannte ich einen dämmrigen Raum, als sie mich durch die Tür neben dem Eingang gezogen hatte und wir auf den Boden stürzten, ineinander stürzten, und ich nicht glauben konnte, dass so ein Glück passieren kann, es mir passieren kann. Dann atmeten wir schwer. Ich fuhr mit der Fingerspitze in kleinen und großen Kreisen über ihre Brüste, bis sie lachte und ihre langen braunen Haaren nach vorn warf und sich bedeckte.

»Bon«, sagte sie und strahlte mich an. Zufrieden und satt und unbekümmert. Immer fällt mir dieses Wort ein, wenn ich an sie denke. Unbekümmert, das ist sie.

Wir lagen nicht auf dem nackten Boden. O nein, nicht auf Holzdielen oder gestampftem Estrich, sondern auf einem Teppich und im Salon. So kann man das wohl nennen, was ich dann sah, wenn ich den Kopf ein wenig hob und hin und her drehte und eine schwere geraffte Samtgardine in meinem Rücken und einen kalten Kamin und zierliche, mit gestreiftem Stoff bezogene Stühle und Bücherregale, Bücherregale entdeckte. Es war nicht kalt. Es war ganz wunderbar nicht kalt, und wir zitterten nicht, obwohl wir uns noch nicht wieder angekleidet hatten und uns ansahen, immer wieder ansahen, und sie auch nicht lachte, wenn ich sie zart an allen den Körperteilen berührte, deren Namen ich auf Französisch nicht wusste und noch immer nicht weiß. Immer habe ich gedacht, es kann nicht so schnell gehen zwischen Mann und Frau. Es braucht Zeit und Übereinstimmung und Abwägen und auch Mut. Deshalb habe ich auch nicht viel Erfahrung, wenig Erfahrung. Wenn man es genau nimmt, gar keine Erfahrung. Und dann brauchte es das auf einmal alles nicht. Übereinstimmung, Abwägen, Mut brauchte es nicht. Diese Quälerei als Junge und auch als Jüngling, und alle die Ratgeber um das Reifwerden und das Naturkundemuseum und die sogenannten sittlichen Skrupel und wer alles so genau darüber Bescheid wusste. Vergessen. Schwestern zu haben, bringt auch nicht viel. Und die Modelle in den Aktzeichenkursen waren alt und nicht schön. Adèle ist schön. Zum ersten Mal habe ich sie so genannt: Adèle. Es klang weich und gut und einwandfrei französisch. Sie stand auf, schlüpfte in Rock und Bluse, ging in den Flur und kam mit einem Korb voller Holzscheite zurück. Da erst sah ich den kleinen eisernen Ofen in der Ecke und dass die Wärme nicht paradiesisch, sondern irdisch war, und sprang hastig auf und wollte ihr helfen. Aber ihr amüsierter Blick sagte mir, dass ein nackter Mann dazu nicht besonders geeignet war. Aber auch das war kein Problem. Verlegen sein, linkisch sein, mühevoll sein, beschwerlich sein, das alles gab es nicht mehr, schon deshalb nicht, weil ich keine französischen Worte dafür kannte.

Ich bekam Hunger. Mir fiel die Schlange grauer Gestalten vor dem Laden gegenüber ein. Da konnte ich nichts erwarten. Im Quartier wartete die übliche Verpflegung, Suppe, Kartoffeln und Kommissbrot, immerhin. Und wenn die Kameraden sich wundern würden, dass ich nicht zum Essen kam? Man hatte eine sogenannte Lesehalle eingerichtet. Halle heißt ein paar Stühle, ein requirierter großer runder Tisch aus blank poliertem Holz und ein gusseiserner Ofen hinter einem Paravent. Dazu eine extra Lampe an der Decke. Vor dem Paravent klopften sie Skat, und dahinter sollte man in Ruhe lesen können. Die Kreuzzeitung lag da und die Deutsche Tageszeitung zum Beispiel, mehr nicht. Dort werde ich gesessen haben, wenn mich einer fragen sollte, wo ich war. Hungern musste ich aber nicht, und Kommissbrot war das nicht, was Adèle auf den schweren Holztisch in der gekachelten Küche legte, sondern dieses lange, dünne französische Brot. Ein echtes Baguette. Natürlich, sie mussten doch leben und auch irgendwie backen. Sie brachte Backpflaumen und eine Art Schmalz, wie ich es noch nicht gegessen hatte, und einen festen Käse und roten Wein. Damit war ich vorsichtig, wegen der Kameraden. Viel Zeit zum Essen und Trinken hatten wir nicht, weil es uns auf dem Teppich im Salon viel besser, tausend Mal besser ging als in der Küche. Weil es dämmerte, sollte ich bald aufbrechen, obwohl ich mein ganzes Leben platt und träge auf diesem Teppich liegend hätte verbringen können. Adèle saß hinter meinem Kopf, die Beine gekreuzt, und strich sanft über mein Haar.

»Liest du das, oder der Doktor?«, fragte ich auf Deutsch, weil mein Blick über die Bücherreihe vor mir streifte. Es waren alles französische Namen und Titel und mir verschlossen. Balzac, las ich, und Eugène Sue, »Les mystères de Paris«, und Victor Hugo, »Les Misérables«.

»Le docteur«, antwortete sie, »mais moi aussi«, und sie kroch über mich hinweg und nahm »Le Comte de Monte Christo« heraus, hielt den Band in die Höhe und schnalzte anerkennend mit der Zunge. Den kannte ich auch, und auf einmal besaßen wir etwas Gemeinsames. Als Junge hatte ich auf dem Dachboden die Fortsetzungen gelesen, die ich in alten Jahrgängen der »Gartenlaube« gefunden hatte und vor dem Vater verstecken musste. Jetzt lag der »Graf« auf meinem Bauch und Adèle dazu, und es war Krieg.

Nur Bruno sah mich an, als ich wieder auf der Stube war. Ziemlich lange mit seinem Malerblick, der einzuschätzen scheint, wie er einen gern porträtieren würde.

Aber das war es wohl nicht, denn als ich erst die Augen, dann den ganzen Kopf abwandte, hörte ich ihn leise sagen: »Pass auf, Kleiner.« Die anderen spielten Karten, vor allem rauchten sie, und ich nahm mir auch eine Zigarre und setzte mich an den großen Tisch in der Mitte. Stube schreibt man so hin, trifft es aber nicht genau, wenn ich von unserem Quartier rede. Es ist eine große Werkstatt, und die Betten sind durch Spinde und Nischen und dicke Pfosten aus dunklem Holz abgeteilt. In der Mitte stehen große Tische und der bullernde Ofen aus Gusseisen. Nach der Kälte, der Nässe und dem Dreck in den Unterständen erschien mir das als Paradies. Es riecht nach Holz, und wenn man weiß, dass man in der Champagne ist, auch nach Wein. Ich hatte bis jetzt nicht darüber nachgedacht, dass ein Privatquartier vielleicht günstiger gewesen wäre, unbeobachteter auf jeden Fall. Sicher gab es diese auch für die Gemeinen, vielleicht auf Bauernhöfen, dann eher im Land. In den Häusern auf der Hauptstraße wohnten keine Offiziere, keine Soldaten. Bei meinem Zahnarzt jedenfalls nicht. Warum? War es verseucht, oder was? Ich halluziniere, weil ich etwas zu verbergen habe. Aber noch hat keiner gemerkt, dass ich etwas zu verbergen habe. Außer Bruno. Und der ist mit der Revolution beschäftigt und wird keinen Offizier auf mich hetzen. Die Offiziere gehen in die Kneipe oder, wie es heißt, das »Café«, was sie zum Casino gemacht haben und wo ich meine Zauberkunststücke vorgeführt hatte. Sie gehen hinein und kommen wieder heraus und verschwinden in der Dunkelheit mit ihren blanken Stiefeln und den langen Mänteln aus straffem, gutem Stoff. Wohin gehen sie? Zu ihrem Quartier beim Pfarrer oder zu den Frauen, deren Männer und Söhne schon tot sind oder noch kämpfen, gegen uns? Ich war nicht neidisch gewesen. In den paar Tagen, die wir nach der Somme hier waren, hatte ich mich eingekapselt und wollte nur schlafen und zeichnen. Erst jetzt, weil ich Angst hatte, fielen mir die Blicke ein, die die Kameraden tauschten, wenn sie einem Offizier nachsahen, der sich mit schneidigen Schritten in die Dunkelheit entfernte. Und Angst hatte ich eigentlich nur wegen Bruno und diesem einen dummen Satz, den ich vielleicht nicht einmal richtig verstanden hatte. Denn Kontakte zwischen uns Soldaten und der Zivilbevölkerung finden ständig und überall statt. Im Casino hatte ein Franzose am Zapfhahn gestanden, und bedient hatten Frauen von hier, und die Kohlen liefern ein alter Mann und ein Junge an, die Kartoffeln auch, und was sonst noch alles. Die Milch zum Beispiel. Aber das sind andere Kontakte. In einem Privatquartier hätte ich Adèle mit Sicherheit nicht getroffen.

Daran, dass andere Schläfer manchmal in der Nacht aufschreien und beruhigt werden müssen, gewöhnt man sich auch. Den Kampf mit der eigenen Erinnerung nimmt einem sowieso kein Quartier ab, wie es auch sei. Die Sache mit dem Zitterer auf der Trage im Feld werde ich vielleicht nie mehr los. Das war schlimm, weil er mich immerfort in fassungslosem Erstaunen über sich selbst ansah. Da sagte einer noch, der simuliert. Als es nicht aufhörte und sein Körper fast von der Trage sprang, weil er zitterte wie galvanisiert, und wir sie kaum halten konnten, sagte das keiner mehr. Erst seit den Tagen mit Adèle bedrängt mich diese Erinnerung nicht mehr, und dann kommt dieser Bruno mit seinem Satz.

20. Dezember 1916

Am Dienstag war alles verlassen und verschlossen. Kein Lebenszeichen beim Klopfen an der Tür und am Fenster, nur plötzlich ein leises Pfeifen, und ich erschrak, weil es nicht vom Haus kam. Am Zaun zum Nachbargarten saß auf einem umgestürzten Eimer ein kleiner Junge. Kleiner, na ja, so elf, zwölf Jahre, würde ich schätzen. In sicherer Entfernung zu mir, aber auf unserer Seite. Auf unserer, sage ich! Er grinste, rief »boche« und streckte mir die Zunge heraus. Ich drohte mit dem Finger, da formte er mit seinen kleinen Jungenhänden zwei Kugeln und hielt sie sich vor die Brust, und mir fuhr der Schreck in die Glieder. Er hat uns beobachtet, verdammt. Diese kleine Rotznase, die aussieht, wie ich und mein Bruder in dem Alter aussahen. Mit seinen Wollstrümpfen, die sicherlich kratzen, und den geflickten Hosen, gerade mal über die Knie, und der ausgeblichenen Joppe, hatte uns belauscht oder gesehen, oder was sonst alles, und deshalb war sie weg. Aber wo? Hatte er uns nun in der Hand? Kinder sind bestechlich, fiel mir ein. Man muss Kindern etwas schenken. Was aber sollte ich diesem Kind schenken? Zunächst das verlegenste Lächeln aufgesetzt, aber keine Sprache zu Hand. Kein »na, Kleiner«, keine Ausrede, keine verzwickte, scheinheilige, erklärende Frage nach irgendetwas, was der Boche in Uniform hier dringend zu tun und zu suchen hatte, außer Adèle hinter der verschlossenen Tür zu besuchen. Wir tasteten uns ab. So sagt man dazu, so steht das in Romanen, die aber nicht im besetzten Frankreich spielen und auch nicht zwischen einem feindlichen Soldaten und einem Kind oder zwischen einem Soldaten und einem feindlichen Kind. Weil ich an Adèle dachte und ob ihr etwas zugestoßen war, ob sie bedrängt wurde und ob dieses Kind davon wusste, konnte ich so schnell nicht einmal erkennen: Belauerte er mich, lachte er über mich, hatte er Angst, erwartete er etwas, oder war er einfach nur frech, weltumspannend kinderfrech, und war auf dem Sprung, abhauen zu können, wenn der Erwachsene aus dem Weg ging. Ausnahmsweise kam mir einmal der Himmel zu Hilfe. In Gestalt einer Taube, wirklich einer

Taube. Die flog herbei, setzte sich auf die vorkragende Regenrinne an der Hausecke und ließ einen Klecks, einen echten Taubendreck fallen. Wir hatten beide nach oben geblickt, waren ihr mit den Augen gefolgt und mussten lachen, und der Junge auf seinem Eimer lachte so herzlich und ein bisschen übertrieben, wie von einer Angst befreit, weil er wohl über seine Kugelhände selbst erschrocken war. Erst da fiel mir der schöne Bleistift mit dem Radiergummi ein, den ich in der Hosentasche mit mir herumtrug, wegen schneller Skizzen, die meistens nicht zustande kommen. Den wollte ich eigentlich nicht hergeben. Er war nicht mehr sehr lang, hatte aber immer noch den Radiergummi am Ende, und ich zog ihn plötzlich heraus und hielt ihn dem Jungen hin. Er war mit schnellen Schritten bei mir, nahm ihn in die Hand und fand ihn gut.

»Merci, monsieur«, sagte er und flitzte an mir vorbei, und weg war er. »Monsieur«, hatte er gesagt, »Monsieur«, und »merci«, und das klang gut. Aber Adèle war nicht da. Auch wenn der Junge keine Häme gezeigt hatte, kein Mitwisser von etwas Bedrohlichem war, Adèle war nicht im Haus, und ich sollte nicht länger dort herumstehen. Die Traurigkeit fiel über mich her. Sie war schlimmer als die Angst. Weil das alte Leben, wie vor den Tagen mit Adèle, zurückkehrte. Wieder Sehnsucht, Leere und die vielen verknoteten Gedanken. Alles schwer. Was will ich denn. Wir sind im

Krieg, und ich bin Krankenträger des 177. Sächsischen Infanterieregiments in einer kurzen Ruhepause von der Hölle in der Etappe. Das bin ich und sonst nichts.

Was sollte ich jetzt im Quartier, was sollte ich in der Lesehalle mit den alten Zeitungen, was sollte ich sonst wo in diesem Land? Von der Hauptstraße her hörte ich Pferdegetrappel. Das gab es bisher noch nicht, oder ich hatte nicht darauf geachtet. Es waren vier und auf ihren Rücken Feldgraue, wahrscheinlich die Burschen von Offizieren, und wenn die zum Fluss hinab ritten, konnte ich ihnen folgen, und ich war nicht allein. Zum Fluss, das konnte ich gebrauchen. So ein Fluss, von dessen abfallendem Ufer aus braune Pferde zum Trinken geführt werden, vorsichtig und mit ruhigen Bewegungen, am Rand ein paar verkrüppelte Weiden, gebrochenes Schilf, dessen blassgrüne Fäden mit der Strömung ziehen, Kiesel, die man werfen kann, und das Licht, das immer wechselt auf dem fließenden Wasser. So ein Fluss ist das Normalste von der Welt und beruhigte mich. Auch die Elbe hat mich immer beruhigt, wenn ich versucht habe, sie zu malen. Aber es ist nicht so leicht, das Flirren des Wassers mit Aquarellfarben zu erfassen. Sie sind zu stumpf, nein, da tue ich ihnen Unrecht, zu matt, sie glänzen nicht, oder ich kann sie nicht dazu bringen. Ich glaube, das hier ist die Aisne, schwierig zu schreiben mit dem stummen S, die Somme ist es jedenfalls nicht. Die Somme ist kein normaler Fluss mehr. Die Kameraden sahen hin und wieder zu mir her, wie ich da stand und meine Kiesel warf, oder nur auf den Fluss blickte. Sie ließen mich in Ruhe, es war nicht verboten, hier zu stehen. Ich ging dann auch zurück. Sie haben ein anderes Tempo als ich, so hoch zu Pferde.

Im Ort hatte ich, um mich abzulenken, auch Augen für Dinge, an denen ich bisher vorübergeeilt war. Für ein Werbeplakat aus Blech zum Beispiel, an einer Scheunenwand befestigt und schon etwas verblichen, aber sehr malerisch zwischen den Holzbalken. Die Schrift konnte ich nicht lesen, aber das Bild sah nach Toulouse-Lautrec aus, oder nach abgewandeltem Toulouse-Lautrec: eine Tänzerin mit roten Haaren und dem schwarz bestrumpften hochgeworfenen Bein unterm aufgewirbelten Rock. Hier in dem kleinen Nest mit der deutschen Besatzung so eine Werbung. Und daneben, an der gleichen Scheunenwand, aber aus Papier und halb abgerissen, ein Anschlag, eine Bekanntmachung, ein Avis, und die Worte, die man noch erkennen konnte, besagten, dass »jeder feindliche Soldat … im Etappengebiet ganz oder teilweise in Zivilkleidern oder Uniformmantel … aufgegriffen … Tod durch Erschießen. Gezeichnet, unleserlich Generalleutnant … Etappeninspekteur«. Ich ging dann ins Quartier zurück.

Für die Päckchen aus der Heimat, die uns sehr viel Freude machen, musste ich mich endlich bedanken. Als ich sie empfangen hatte, wäre mir der Dank regelrecht herausgesprudelt, aber jetzt lag mir der Stift wie Blei in der Hand, und mir war, als müsste ich Ziegelsteine und nicht Worte übers Papier schieben. Tote Wörter, glanzlose Wörter, nichts anderes fiel mir ein. Der Dank ging an Mädchen, die ich kannte, genau die, mit denen ich spazieren gegangen war oder es in einer Wirtschaft oder mit Museumsbesuchen versucht hatte. Zigaretten, die ich gegen Zigarren tauschte, wenn es ging, kleine Konservendosen mit Obst waren darin, alles vom Munde abgespart. Und alle reden von Weihnachten, die Briefe und die Kameraden, und ich hatte es ganz vergessen.

Der größte Wunsch für alle ist, zu Weihnachten Urlaub zu bekommen und in der Heimat zu sein. Der zweite, hier zu bleiben und noch nicht an die Front verlegt zu werden. Natürlich will ich hier sein und dass es so bleibt, wie es ist. Keine Frontbewegung, aber auch kein leeres Haus in der Mitte des Ortes, keine verschlossene Tür an der Rückseite zum Garten mit einem verrotteten Pavillon.

»Hat sie dich weggeschickt?«

Es war Bruno, der mit dem Kopf zur Tür zeigte und mich hinausschob und sofort anfing:

»Nimm das nicht so schwer. Ein hübscher Kerl, wie

du bist, muss sich das nicht zu Herzen nehmen. Die Französinnen musst du so akzeptieren.«

Ich war wie erstarrt angesichts einer solchen Banalität bei einem, der ein Künstler ist oder es sein will. Verstellen ging aber nicht mehr.

»Wieso …«, fing ich an.

»Wunderbare Verwandlung«, unterbrach mich Bruno und lachte überlegen. »Von Munch zu Renoir, oder, um bei der Dresdner Galerie zu bleiben, von Böcklin zu Slevogt. Auf einmal strahlende Helle um einen jungen Mann mitten in der ganzen Misere hier. Aber heute wohl nicht mehr?«

Am Ende hat er mir doch geholfen, pragmatisch, wie er ist, und mich daran erinnert, dass auch junge Frauen in der besetzten Etappe das Haus aus Gründen des Alltagslebens mal verlassen müssen.

Als ich am nächsten Tag wagte, wieder zum Haus zu gehen, öffnete Adèle die Tür wie selbstverständlich, und als ich den Jungen erwähnte, lachte sie:

»Mais oui, Antoine«, und deutete mit den Fingern einen Bleistift an, der schreibt.

Sie wusste alles, aber von den frechen Jungenhänden, die sich zu Brüsten formten, wusste sie nichts. Ich war wieder bei ihr, und der Saal voller Kameraden mit der Kinovorstellung, in der ich um ein Haar gelandet war, rückte in weite Ferne und existierte nicht mehr.

»Mais oui, Antoine«, bedeutete Entwarnung, bedeutete »was soll's«. Sie ließ sich umarmen, aber als ich meine Uniformjacke aufknöpfen wollte, schüttelte sie den Kopf, hob die Schultern und öffnete mit einer anmutigen Bewegung bedauernd die Hände.

»Pas aujourd'hui«, sagte sie und lachte. Sie war nicht verlegen. Heute nicht, war die natürlichste Sache von der Welt.

»Ich bin am Fluss gewesen«, sagte ich und deutete in seine Richtung. Sie nickte.

»Je l'aime«, sagte sie, und ich hätte ihr so gern davon erzählt, wie ich zu Hause an meinem Fluss gesessen und gemalt habe und wie sehr ich Pflanzen liebe und sie sammle. Vielleicht gibt es in diesem Haus ein Herbarium, das der Zahnarzt im Studium angelegt hat, und ich könnte ihr die deutschen Namen für die Blumen sagen, wo es doch keine lebendigen gab, jetzt mitten im Winter.

Aber »viens«, sagte sie und öffnete die Tür zum Salon, obwohl es doch heute gar nicht ging. Der war nicht geheizt, aber nicht kalt. Adèle bedeutete mir mit der Hand, mich mit dem Rücken gegen das Bücherregal auf den Boden zu setzen, und schleppte eine Decke, die eher ein kleines Ziegenfell war, und zwei Kissen herbei. Die waren mit gelbschwarz gestreiften Bienen und mit einem Kopf unterm Hut bestickt, der wohl Napoleon darstellen sollte. Zu kostbar, um darauf zu sitzen, fand ich, aber sie bestand darauf, breitete das

Ziegenfell über unsere Knie und hob den »Grafen von Monte Christo« in die Höhe.

»Tu aimes les livres«, sagte sie. »Et aujourd'hui je vais les lire à toi.«

Sie machte es sich neben mir bequem. Knie an Knie saßen wir unter dem Ziegenfell, und mir wurde so warm, dass ich an einen geheizten Ofen nicht im Traum mehr denken musste. Sie las. Von Zeit zu Zeit zeigte sie mir ein Wort, vor allem einen Eigennamen, weil man ja das, was man sieht, viel besser versteht als das, was man nur hört. Das nahm sie an, einfühlsam, weil sie davon ausgehen konnte, dass ich Worte wie Château d'If zum Beispiel kannte. Ich gab mich dem Klang hin und der Wärme und ihrer Stimme und der Präzision ihrer Sätze, die wie gestochen und ungeheuer schnell aus ihrem Mund kamen. Aber ich verstand nichts und wurde wütend. Immer diese Wand, die ich nicht durchdringen kann, weil ich nicht verstehe. Nicht nur die fremde Sprache nicht und nicht nur in diesem Land. Warum stehe nicht ich neben einem Zahnarztstuhl und behandle einen Mann, eine Frau, ein Kind? Warum werfen sich die Ärzte Blicke zu, wenn ich ein lateinisches Wort gebrauche? In der Heilanstalt und sogar auf dem Verbandsplatz, wenn es allen dreckig geht und sie froh sind, wenn ich anfasse, was Überwindung kostet. Alles umsonst. Vergeblich in der Bibliothek im Japanischen Palais gesessen und abgeschrieben, abgeschrieben und gelernt. Vergeblich den Bibliothekar überzeugt, mir die wertvollen Folianten auszuleihen. Selbst Bruno lächelt überlegen, wenn ich nicht sattelfest bin in den Stilen. Er schiebt alles auf den Kaiser, ganz abgesehen davon, dass es bei mir der König wäre, der sächsische, der an allem schuld ist. Mein Vater war ein kleiner Bankert, wie es hieß, und musste, noch ein Kind, nachts die Brennöfen der Ziegelei bewachen, die dem Vormund gehörten. Da war ein Lehrlingsvertrag als Maurer ein großes Glück, und es zum Polier gebracht zu haben, der Grundrisse las und zeichnete und kalkulieren konnte, galt als Aufstieg genug. So sollte es bei seinem Sohn, bei mir, laufen, selbst dann, als die Familie in einem eigenen Haus mit gelben Klinkerziegeln und einem gewölbten Erker mit Türmchen wohnte. Gebettelt habe ich um die Realschule, geweint, als ich mit ihm von einem Lehrherrn zum anderen ziehen musste, egal für welche Ausbildung, hauptsächlich von der Pike auf. Der Tapetenmaler schickte mich weg, weil er glaubte, ich hätte ihn betrogen und meine Zeichnungen durchgepaust. Aber die Kunstgewerbeschule bezahlte der Vater nicht, nicht, nicht. Aber wenn ich diesen Krieg überlebe, fange ich es anders an. Ich werde verstehen und hole Adèle zu mir in einen blühenden Garten hoch über der Elbe.

»Alors, Maximilien, tu rêves?«, sagte sie und fuhr mir mit den Fingern vor den Augen hin und her.

»Verzeih«, stammelte ich auf Deutsch, »ich habe so viele Erinnerungen.«

Ich nahm sie in die Arme und küsste sie, denn das ging ja, sogar heute. Ich habe sechs Schwestern, aber ich wusste nichts von der Haut einer Frau. Wie sollte ich auch. Ich habe ihre Haut nie berührt. Angesehen schon. Aber ich kann mich nicht erinnern, dass sie schimmerte wie Perlmutt, wie die Haut von Adèle. Nur ihre Fingerspitzen waren ein wenig rau, die von Daumen und Zeigefinger, und ich dachte, dass es von ihrer Arbeit im Garten, vom Berühren der Erde, vom Entkernen von Nüssen und Früchten kam, und auch diese Vorstellung war ganz wunderbar. Sie streichelte mich mit den anderen drei Fingern, die reichten völlig aus.

»Tu ne comprends donc rien«, sagte sie.

Sie las nicht weiter. Das Ziegenfell rutschte von unseren Knien, und Adèle kletterte wieder über mich hinweg. Sie kletterte gern und sehr geschickt über mich hinweg, leicht und behände und nicht ohne dabei eine Weile auf mir zu verweilen, und das gefiel mir über alle Maßen. Der »Graf von Monte Christo« verschwand im Regal, ein anderer Band erschien und wurde mir in die Hand gedrückt.

»Pour que tu ne t'ennuies pas«, sagte sie, »mais c'est le seul en allemand.«

Es war ein kleiner Band von Fontane, den ich ganz und gar nicht kannte. Keine Balladen und auch nicht

»Effi Briest«. Aber mehr kenne ich ja auch nicht. Von dem Band hier hatte ich noch nie gehört: »Kriegsgefangen« hieß er und passte ja zum Krieg, nur war es seltsam, dass ausgerechnet dieser Titel auf Deutsch in das Regal des Zahnarztes in der Champagne geraten war. Zufall oder besondere Bewandtnis? Wieder mal kein Durchblick bei mir, und es machte mich neugierig. Aber auf gar keinen Fall wollte ich meine kostbare Zeit bei Adèle mit der rätselhaften Existenz eines deutschen Buches in diesem Salon vergeuden. Ich hatte schon zu viel Zeit in meinem Leben mit ziellosem Herumlesen verbracht.

»Regarde-le«, sagte Adèle aufmunternd und blätterte den Band auf, und plötzlich begriff ich, dass sie mich halten wollte, dass ich bleiben sollte, ohne dass wir uns liebten, und ohne über den »Grafen von Monte Christo« reden zu können. Ich sollte einfach bleiben, auf dem gestickten Napoleon und gewärmt von einem Ziegenfell sitzen und den Körper eines Mädchens mit seidigem langem braunem Haar im Arm halten. Ich und kein anderer. Also fing ich an zu blättern. Adèle verschwand in der Küche. Ich las mich fest und vergaß, dass sie eine Weile nicht zurückkam. Es war ein schmaler Band, kein Reclamheft, also kannte ich es nicht. Ich wusste, dass Fontane von Hugenotten abstammte, sich aber als Preuße fühlte. Und jetzt lernte ich aus dem Nachwort, das ich hastig überflog, dass er im Herbst 1870 in Frankreich weilte, genauer in Lothringen, um Domrémy, den Geburtsort der Jungfrau von Orléans, zu besuchen, weil er Schillers Drama im Sinn hatte und über ihre Heimat schreiben wollte. Dort aber wurde er von französischen Soldaten verhaftet, weil Krieg war zwischen Frankreich und Preußen. Er reiste allein in einer Kalesche und hatte einen Stockdegen und einen Lefaucheux-Revolver, was immer das sei, bei sich, und man hielt ihn für einen preußischen Spion. Alles ziemlich undurchsichtig für mich, denn es war Oktober, wie er schreibt, und nach dem Fall von Sedan am 2. September hatten die französischen Truppen eigentlich kapituliert. Wenn ich in der Schule etwas über deutsch-französische Geschichte gelernt habe, dann das. Sedanfeier am 2. September auf dem Schulhof war ein festes Ritual. Es klang nach Seedamm, und wir standen im Karree und sangen. Er, also Fontane, wurde als Gefangener quer durchs ganze Land, von Gefängnis zu Gefängnis, von Wachstuben zu feuchten Gewölben, von Zitadelle zu Fort bis zur Île d'Oléron am Atlantik gebracht und schließlich auf Vermittlung allerhöchster Stellen nach etwa sieben Wochen freigelassen. Ratten, dünne Suppen, Kälte, Gestank, ungewaschene Kleidung und bedrückende Enge, alles hatte er erlebt, aber er zog ein Resümee, das stand auf Seite 38 und war ganz leicht zu finden, denn der Band sprang an dieser Seite auf, wie es passiert, wenn ein

Buch oft an einer Stelle aufgeschlagen worden ist. Da stand:

»Es ist Pflicht zu sagen, dass diese Eindrücke die aller angenehmsten waren und dass ich mir keine Nation denken kann, die in so vielen, ihrer aufs Geratewohl gewählten Repräsentanten im Stande wäre, ein günstigeres Urteil hervorzurufen. Im Allgemeinen wird man sagen können, dass, je nach den Landesteilen, in denen man lebt, auf 10 oder 7 oder 5 Individuen immer ein unleidlicher Mensch kommt; hier lebte ich mit 70 oder 80 Gefangenen zusammen, die in der Zeit meiner Anwesenheit zwei- oder dreimal wechselten (so dass ich etwa 200 verschiedene Personen kennen lernte) und nicht die geringste Unannehmlichkeit, geschweige Unart habe ich zu erfahren gehabt; sie waren alle verbindlich, rücksichtsvoll, zuvorkommend, dankbar für jeden kleinen Dienst, nie beleidigt durch Widerspruch, vor allem ohne Schabernack und ohne Neid. Wir könnten, nach dieser Seite hin, viel von ihnen lernen. Es offenbarte sich mir ein unerschöpflicher Schatz von Gutmütigkeit, leichtem Sinn und heiterer Laune. Lauter Sanguiniker. Viele waren eitel, andere ruhmredig. Wenn ich aber den Rodomontaden dieser letztern scherzhaft erwiderte, hatte ich jedes Mal die Lacher auf meiner Seite. Von nationaler Gereiztheit keine Spur, wie wohl sie alle, ohne Ausnahme, voll lebhaften, patriotischen Gefühls waren.«

Aha. Jetzt wusste ich, warum dieses Buch im Regal des Zahnarztes stand. Wer es gekauft und gelesen hatte, wusste ich noch lange nicht. Bestimmt nicht Adèle. Mich brachte das alles völlig durcheinander. Ein Unbehagen jagte mir das Blut in Arme und Beine, dass sie brannten, als flössen winzige scharfe Kristalle durch die Adern. Ich fand keinen Fadenanfang, von dem aus ich das Knäuel in meinem Kopf auflösen, an dem entlang ich klar denken könnte. Das war eben ein anderer Krieg, und der Franzmann an der Somme war ein anderer als die, von denen Fontane schrieb. Auf Adèle traf alles Gute zu. Aber Adèle schoss nicht. Ich schoss auch nicht. Ich räumte nur weg. Aber wir müssen siegen. Der Gedanke muss bleiben. Wozu sind wir denn sonst hier.

Adèle stand in der Tür.

»Qu'est-ce qui s'est passé?«, sagte sie erschrocken und beugte sich zu mir herab.

Wer weiß, wie blass und verstört ich aussah.

»Ist es nicht gut, das deutsche Buch?«

Zum ersten Mal hatte sie Deutsch gesprochen, und es klang so hübsch, wie mein Französisch in ihren Ohren auf keinen Fall klingen kann. Ich wurde ruhiger, dazu musste ich sie zu mir herunterziehen und meinen Kopf in ihren Schoß legen, der war warm und weich. Und sie roch nach Küche und nach Gewürzen. Das war die einzige Wirklichkeit in diesem Augenblick.

»Tu dois manger«, sagte sie und stand auf.

Sie hatte diese übergroßen Tassen ohne Henkel, eher Schalen, aus bäuerlicher Keramik, die »Bols« heißen, auf den Küchentisch gestellt. Die Suppe dampfte und roch nach Huhn, als säße ich zu Hause, und es wäre Gründonnerstag. Warum gerade der? Ich weiß es nicht. Sie zeigte auf die Fleischstücke und legte den Finger auf den Mund, und mir fiel ein, dass ich keine Ahnung hatte, was sie durften und was nicht. Hühner halten, Hühner schlachten, kaufen oder verkaufen, oder das alles nicht. Sie sind besetzt, von uns. Fontanes »Kriegsgefangen« hatte ich auf die Ecke eines Küchenregals abgelegt. Adèle deutete mit dem Kopf darauf und zog fragend die Augenbrauen hoch.

»Es ist gut, alles ist gut«, sagte ich und lachte sie an, damit sie ihre Ratlosigkeit über mein seltsames Benehmen verlor.

»Er ist ein Dichter«, sagte ich langsam, und weil ich gerade das auswendig konnte, kam mir »Herr von Ribbeck auf Ribbeck im Havelland« in den Sinn:

»Ein Birnbaum in seinem Garten stand,
und kam die goldene Herbsteszeit
und die Birnen leuchteten weit und breit,
da stopfte, wenn's Mittag vom Turme scholl,
der von Ribbeck sich beide Taschen voll.«

Adèle hatte sich weit über den Tisch gebeugt, die Ellbogen aufgestützt, den Kopf in die Hände gelegt, und hörte zu. Ich blieb stecken. Es war auch egal. Sie verstand nichts, so wie ich nichts verstanden hatte bei ihrem Vorlesen. Es ging immer um den Klang, und dass die Welt in Ordnung sein sollte, wenigstens zwischen uns.

Vielleicht ist es nur, weil man die Sprachen nicht versteht, schoss es mir durch den Kopf. Weil man nicht verständlich genug hinüberrufen kann: »Hör doch auf, Junge, lass uns eine rauchen!« Aber im Dreißigjährigen Krieg konnten sich alle auf Deutsch verständigen und haben sich trotzdem die Spieße in die Gedärme gehauen.

»Continue!«, sagte Adèle und ich:

»Vergessen.«

Sie nahm meine Hände und drückte sie zärtlich.

»C'était très bien, Maximilien.«

Ich wusste im ersten Augenblick gar nicht, dass ich gemeint war. Maximilien!

Ich musste gehen.

»À demain«, sagte sie an der Tür, zögerte mit einem Blick an sich herab und setzte hinzu:

»Ou après-demain.«

Und sie gab mir einen Kuss.

Als ich am Küchenfenster vorbeiging und noch einmal zurückblickte, schien es mir, als wendete sie den Kopf in den Raum, als spräche sie mit jemandem, und ich erschrak sehr. Auch war in dem Topf auf dem Herd eine große Menge Suppe gewesen, und ich hatte nur ein paar Löffel gegessen. Wenn sie nun doch nicht allein lebte? Aber welches Recht hatte ich zu wissen, was in ihrem Leben, was in diesem Haus vorging. Ich wollte nicht daran denken.

22. Dezember 1916

Im Quartier reden alle von Weihnachten. Als hinge alles davon ab, die ganze Zukunft, wo und wie man Weihnachten verbringt. Wir haben einen Kameraden, einen Friseur aus dem Erzgebirge. Der ist keine zehn Jahre älter als ich, vielleicht acht, und hat fünf Kinder. Wie der überhaupt zu uns gekommen ist, verstehe ich nicht. Vielleicht hatte er sich freiwillig gemeldet. Dem haben sie gerade den Urlaub abgelehnt, was keiner versteht. Bürokratenwillkür in irgendeiner Schreibstube. Jetzt war er am Ende, saß graugesichtig in der Ecke und starrte vor sich hin, und alle versuchten ihn zu trösten. Das Erzgebirge ist die Weihnachtslandschaft schlechthin. Mit all den gedrechselten und geschnitzten Engeln und den Bergmännern, die Lichter in den Händen halten in Erinnerung an die Dunkelheit unter Tage. Wenn er uns hin und wieder rasiert, aus Kameradschaft, geht das nicht ohne einen Vortrag über seine sagenhaften

Pyramiden, die er sammelt und die museumsreif sind. Er ist ein zierlicher Mann, und seine Pyramiden wachsen beim Beschreiben über ihn hinaus zu barocker Üppigkeit mit vielen Etagen und mit ihren Tannen und Palmen und Schafen und Hirten und den Heiligen Königen im Goldornat. Dieser Mann hatte gerade erfahren, dass er hier bleiben musste in der Küfnerwerkstatt an der Aisne. Aber es kam noch schlimmer, und zwar für alle. Lastwagen um Lastwagen rollte heran und lud am Rande des Ortes diese verdammten Stämme ab. Das bedeutete Sägen. Sägen, kürzen, zurichten zu der Größe, die für die Unterstände und als Stützen in den Schützengräben geeignet ist. Und es bedeutet Angst. Angst aus Unkenntnis, für welchen Platz die vorgesehen sind. Womit rechnen sie, die von der Heeresleitung, oder wer auch immer? Sollen die Pfosten für die unmittelbare Nähe bestimmt sein? Wir wissen nichts. Das letzte Mal, als ich solche Stämme sägte, hatte es mich beinahe erwischt. Es war im Felde und unter Beschuss. Laut Befehl musste es sein, obwohl die Granaten immer wieder einschlugen. Ich sollte Kaffee aus dem Unterstand holen, und als ich wieder nach oben kam, hatte es dem Kameraden, mit dem ich noch drei Minuten zuvor an der Säge gestanden hatte, das Bein zerschmettert. Er schrie gar nicht, sondern wimmerte nur. Der klassische Fall, wie es heißt, mit dem »kurz Weggehen« und Glück haben, obwohl man mit klassisch eigentlich andere Assoziationen verbindet. Hier auf dem Feld vor dem Ort sorgten sie gut für uns. Ständig bekamen wir heißen Kaffee oder Tee, so viel wir wollten. Außer den Blechbechern gab es auch ein paar von den getöpferten, wie bei Adèle. Die waren natürlich irgendwo in den Häusern requiriert worden. Die Kameraden hängten sie, wenn sie leer waren, an die krüppeligen Weinstöcke, die die Leute aus dem Ort auf ein paar Parzellen angepflanzt hatten. Das machen sie bei uns in der Lößnitz auch, für den Hausgebrauch. »Unser Champagner«, flachsten die Kameraden. Dass die Weinstöcke dabei Schaden nehmen könnten, interessierte keinen.

Woher wollen die hier wissen, dass dieser Ort Etappe bleibt? Der Gedanke überfiel mich da draußen bei den Stämmen wie ein Schlag mit der Axt. Bisher war ich im Kampf nur dort gewesen, wo schon alles zerstört war. Von Anfang an in den Unterständen, in den Kellern unter den zerschossenen Häusern und dann in der Lehmhölle, wo schon alles platt war. Wenn es einen Rückzug gibt? Es genügt schon ein Stück, und die Front ist in diesem Ort. Wird dann um jedes Haus gekämpft wie an der Somme um jeden Hügel? Um die Apotheke und den Milchladen auf der Hauptstraße, um die Vorgärten mit Buchs und Rosen und um »unser« Haus? Der Kachelfries in der Küche, der Salon, der Teppich, der Van-Gogh-Stuhl, Balzac, Dumas und auch Fontane, alles verkohlt, stinkend und schwarz und nur nackte Mauern mit Fensterhöhlen und zur Not der Keller zu gebrauchen als Unterstand. Was wird aus Antoine und was aus Adèle? Warum nur sind sie nicht weggegangen? Ich bekam keine Luft mehr und geriet aus dem Sägerhythmus, und der Kamerad rief:

»He, Max, was soll das! Fast hätt's mich umgeschmissen!«

Nur nichts merken lassen, kein Wort der Vermutung über die Stämme, dachte ich, und das dachten wohl alle. So behandelten wir sie wie Forstarbeit und nicht wie Boten der nackten Angst. Am Ende wurden sie verladen und abgeholt. Als es hieß, die Fahrer sollten noch etwas essen, vor der langen Fahrt, der langen Fahrt, haben sie gesagt, und das war für mich wie Weihnachten. Aber wir kommentierten das nicht.

Glücklicherweise hatte Adèle nicht »demain«, sondern »ou après-demain« gesagt. Aber es war après après-demain, als ich endlich zu ihr konnte. Ich war ziemlich zerschlagen und ging langsam. Deshalb entdeckte ich den Strauch vor dem leer stehenden Nachbarhaus. Zaubernuss, Hamamelis intermedia, der Strauch, der im Winter blüht, mit seinen goldgelben, sternartigen Fäden. Er duftete schwach. Ein Zweig wuchs mir über das eiserne Zaungitter regelrecht entgegen und ließ sich leicht abknicken. Wie ein Zivilist, wie ein feiner Verehrer hielt ich ihn in der Hand, als ich an die Hintertür klopfte. Adèle lächelte, zögerte aber einen winzigen

Moment, als sie die Tür entschlossen öffnete und zurücktrat, um mich einzulassen. Sie nickte zur Küchentür hin:

»C'est ma tante«, sagte sie.

Ich muss wohl sehr erschrocken ausgesehen haben und machte schon einen Schritt zum Weggehen.

»Pas de problème, c'est pas grave.«

Sie legte mir beruhigend die Hand auf die Schulter.

»Elle est veuve, mais heureusement depuis l'avant-guerre.«

Bei »glücklicherweise« geriet sie ins Stottern und hielt sich die Hand vor den Mund. Aber so viel hatte ich verstanden, dass die Witwenschaft der Tante nichts mit dem Krieg zu tun hatte und ich ihr unter die Augen treten konnte. Am großen Tisch in der Mitte der Küche saß sie unbeweglich wie eine Statue. Wie eine schwarze Statue. Außer dem blassen Gesicht mit der kräftigen Nase war alles tiefschwarz. Die Augen, die im Nacken zu einem lockeren Knoten zusammengebundenen Haare und ihre Kleidung: ein langer Rock, eine bis zum Stehkragen zugeknöpfte Bluse mit langen Ärmeln und ein schweres Umschlagtuch. Ohne eine Regung zu zeigen, sah sie mir gerade ins Gesicht. Adèle brachte es dennoch fertig, mit einer schwingenden Armbewegung eine Linie zwischen uns zu ziehen.

»C'est Maximilien et c'est ma tante Eugenie«, stellte sie uns einander vor.

Einen jungen Mann, der zufällig die Uniform des Todfeindes trug, und eine strenge Verwandte. Ich stand steif an der Tür und hielt noch immer den blühenden Zaubernusszweig in der Hand.

»Es ist der Strauch von Madame Angéllier. Er gehört Ihnen nicht«, kam es vom Tisch.

Wie ausgestanzt, präzise und in korrektem Deutsch standen die Worte im Raum. Mir verschlug es die Sprache.

»Sie kommen hierher und nehmen sich, was Sie wollen. Warum tun Sie das?«

Weil Krieg ist, sagte ich nicht, und erst recht nicht, dass wir noch ganz andere Sachen nehmen. Es gab in diesem Augenblick nichts außer mir, dem abgebrochenen Zweig und der Frau in Schwarz. Und dass wir auf einmal Deutsch sprachen.

»Für Adèle«, sagte ich und beantwortete nur die Frage nach dem Zweig vom Strauch der Nachbarin. Adèle hatte uns verstanden und redete schnell auf die Tante ein.

Ich hörte mehrmals »sauge«, und weil sie in den Garten hinauszeigte, erklärte sie wohl, dass ich sogar darauf verzichtet hatte, Salbeiblätter abzupflücken, als sie nicht zu Hause war. Grotesk. Gleich nebenan zerstampfte und blutige Erde und unzählige Tote und Verwundete, und hier wurde Anklage erhoben wegen eines gestohlenen Zweigs.

»Es ist nicht recht«, sagte Tante Eugenie und brach in Tränen aus. Ganz bestimmt nicht wegen des Zweiges.

Adèle strich ihr übers Haar, zog einen Stuhl für mich heran, nahm mir den Zweig aus der Hand und stellte ihn in eine leere Flasche.

»Un café?«, fragte sie ratlos.

Sie kniete sich auf den Boden, löste ein kleines Brett aus der Diele und zog ein Säckchen heraus. Das war der Kaffee. Sie versteckt ihn vor uns, verstand ich. Vor uns, aber nicht vor mir. Kommen wir, kommen »sie« in ihre Küche und nehmen ihn weg, oder kontrollieren, ob sie welchen hat. Darf sie ihn haben? Jetzt erst fühlte ich mich schlecht. Alles war unwirklich. Es gab uns beide gar nicht. Nicht die vergangenen Tage hier in dieser Küche und die im Salon schon gar nicht. Es gibt keine Freistatt.

Adèle stellte kleine Tassen auf den Tisch und goss nach einer Weile ein schwarzes Pfützchen hinein.

»Mokka?«, sagte ich in fragendem Ton und hatte Kaffee in normalen Tassen oder im Becher erwartet.

»Nein, du café«, sagte die Tante und belebte sich mit einem spöttischen Blick. »Sie kennen französischen Kaffee nicht?«

Nein, dachte ich, ich kenne nur französische Granaten. Aber ich sagte nichts und trank ihn einfach, den starken schwarzen Sud. Wir schwiegen und blickten auf die kleinen Tassen vor uns. Ich kann das nicht lange aushalten und sagte leise:

»Sie sprechen so gut Deutsch?«

»Ich bin Lehrerin«, antwortete sie. »Aber hier gibt es keine Kinder mehr und Schule auch nicht.«

Sie hat den Fontane gelesen, schoss es mir durch den Kopf. Sie muss das sein. Aber es war nicht der Moment, sie darauf anzusprechen.

Sie hob den Kopf:

»Was haben Sie hier zu suchen? Warum zerstören Sie unser Land?«

Wie sollte ich darauf antworten, sofort. Es war Krieg und das seit mehr als zwei Jahren. Da fragte keiner mehr warum. Ich murmelte etwas vom Verteidigen des Vaterlandes.

»Wir sind in Frankreich. Die Champagne ist mein Vaterland«, fiel sie mir schneidend ins Wort.

Ich bin ganz unpolitisch, so wie man unmusikalisch ist, und ich habe die großen Zusammenhänge nie verfolgt. Wie denn auch?

»Es gibt Bündnisse«, fiel mir ein, »dazu mussten wir stehen nach dem Mord in Sarajewo und der ganzen Kriegstreiberei.«

»Kriegstreiberei!«, rief sie höhnisch. »Wer hat den Krieg erklärt? Ihr Kaiser war es, am 3. August 1914, am Nachmittag, oder?«

»Aber vorher«, wandte ich ein, »immer wart ihr auf

dem Sprung. Immer wolltet ihr Elsass-Lothringen zurück. Immer habt ihr gesagt, das ist eine brennende Wunde, und habt dafür gerüstet.«

Das hatte ich gelernt, damit konnte ich argumentieren. Ich fühlte mich sicherer und sagte »ihr«, weil ich es auf einmal nicht mehr nur mit dieser einen strengen Frau zu tun hatte, sondern mit dem ganzen riesigen und ganz und gar abstrakten Gebilde namens Frankreich, gegen das wir in den Krieg gezogen waren. Aber sie ist eine kluge Frau, Tante Eugenie, und eigentlich wünsche ich mir das immer, debattieren mit jemandem, der auch danach verlangt. Aber nicht unter diesen Umständen, nicht feindlich, nicht mit dem Tod dahinter.

»Rüsten ist nicht anfangen, ist nicht einfallen ins Land«, sagte sie, »und Sie wollen doch nicht etwa behaupten, dass das Reich nicht aufgerüstet hatte?«

Ich wollte gar nichts behaupten.

»Die Militaristen ...«, sagte ich und wurde wütend, »sie rüsten und schlagen los und denken nicht daran, was für eine Hölle daraus wird. Von wegen kurzer Feldzug.«

Plötzlich erschrak ich über das, was ich da redete. Wer ist Tante Eugenie? Es gibt auch Leute, die provozieren. Dass es aufhören soll, sagt jeder, aber natürlich mit Sieg. Und den will jede Seite.

»Gejubelt haben nicht die Militaristen«, sagte Tante Eugenie bockig. »Gejubelt habt ihr.«

»Gejubelt haben sie überall, und nicht zu knapp«, sagte ich ziemlich aggressiv. »Ich aber nicht. Ich habe Kranke gepflegt in der Heilanstalt. Bettpfannen, Schreie, Spritzen. Zwei Jahre lang. Da wusste ich gar nichts vom Krieg, und ein Vergnügen war das nicht.«

Sie schwieg und hob die Tasse zum Mund, obwohl die längst leer war.

»Mein Sohn ist im Kampf. Irgendwo, hier in Frankreich«, sagte sie leise und senkte den Kopf.

»Der ältere. Der jüngere …« Sie vollendete den Satz nicht. Sie blickte auf und wechselte entschlossen das Thema.

»Sie sehen nicht aus wie ein richtiger Deutscher. Schwarze Haare und die Nase!«

Zum ersten Mal zeigte sie den Anflug eines Lächelns. Ich war überrumpelt. So schnelle Stimmungswechsel bin ich nicht gewohnt.

»Schwarze Haare gibt es bei uns auch«, sagte ich. »Aber mein Großvater ist unbekannt, und es war eine Messestadt, in der es passierte.«

Bis jetzt galt das nicht gerade als Ruhmesblatt der Familie, aber hier und jetzt erhielt es einen ganz neuen Rang. Ein unbekannter Fremder unter diesen Deutschen!

»Vielleicht war er Franzose«, vermutete Tante Eugenie, und mir war nicht klar, ob sie sich über mich lustig machte oder ob sie einen Strohhalm gefunden hatte, an den sie sich klammern konnte. Einen Halt angesichts der ungeheuerlichen Tatsache, dass ich in Adèles Küche saß und französischen Kaffee mit ihr trank.

Was Adèle von unserer heftigen Unterhaltung verstanden hatte, war nicht zu erkennen. Zuerst hatte sie, die Hände um die Kaffeetasse gelegt, still und aufmerksam an der Stirnseite des Tisches gesessen. Dann war sie leise aufgestanden und hatte einen Korb mit Äpfeln an den Tisch geholt. Möglicherweise waren die der Anlass für den Besuch der Tante gewesen. Sie zog einen Bindfaden aus der Tischschublade und begann, Stück für Stück die schon ziemlich verschrumpelten Früchte zurechtzuschneiden und in Ringen auf den Faden zu fädeln. Idyllischer Hintergrund für unseren Streit. Und eine sinnvolle Sache. Als wir schwiegen, die Tante und ich, hatten wir etwas, auf das wir blicken konnten, die gleichmäßigen Bewegungen ihrer Hände. Die Schnur aus Apfelringen wuchs, und wir beruhigten uns und entspannten uns beide. Die Tante saß nicht mehr kerzengerade, lockerte das Umschlagtuch und lehnte sich zurück. Es war ein klarer Tag, und als sie Platz und Haltung verändert hatte, fiel das Licht vom Fenster her auf ihre Gestalt. Ich fand sie würdevoll, beinahe schön. Ein großes Gesicht, geeignet für pastose Striche, wenn man es malen würde. Hinter ihr auf dem Küchenbord der unerwünschte Zweig mit seinen gelben Blütenfäden. Ich bekam eine unbändige Lust, sie zu zeichnen, fingerte aber vergeblich in meiner Hosentasche herum. Der Bleistift war bei Antoine. Die Tante wollte ich nicht darum bitten zu übersetzen, machte also Adèle Zeichen, dass ich einen Stift und Papier brauchte, und zeigte mit den Augen in Richtung Tante Eugenie. Wunderbarerweise begriff sie sofort, zog helles Packpapier aus der Schublade, griff hinter sich auf die Herdfläche und hielt ein Stück Holzkohle in der Hand. Vielleicht dachte sie, ich wolle der Tante etwas aufschreiben.

»Madame«, hörte ich mich sagen und kannte mich selbst nicht wieder, »wenn Sie mir erlauben, möchte ich Sie mit dem schönen Zweig zeichnen, als Entschädigung«, und ich fing schon an.

Jetzt war sie überrumpelt wie ich zuvor von ihrer Anklage. Jedenfalls wandte sie sich nicht ab. Ich bin nicht gut im Malen von Gesichtern, aber hier kam es auf den Umriss an, weich verwischt im Kontrast zu dem filigranen Zweig. Das gelang sofort. Beide Frauen beugten sich lange über das Blatt. Hatte ich Adèle schon erzählt, dass ich male? Ich weiß es nicht.

Die Tante stand auf und rollte das Papier sorgfältig zusammen. Sie sagte nicht »Merci«, »Merci, monsieur« schon gar nicht. Sie gab mir auch nicht die Hand, aber das ist bei vielen Völkern nicht so Sitte wie bei uns. Immerhin nahm sie die Rolle mit. Wer das war, der ihr »Porträt in Kohle mit blühendem Winterzweig« gemalt hatte, konnte man ja nicht erkennen.

Wir fielen uns nicht aufatmend in die Arme, als sich die Tür hinter der Tante geschlossen hatte. Denn die füllte noch eine Weile den Raum. In der Küche wollten wir nicht bleiben und traten schon in den Flur, als müsste ich aufbrechen. Mit ihrem Besuch im falschen Moment hatte diese Tante unsere kostbare Zeit gestohlen und uns befangen gemacht. Linkisch wie eh und je stand ich herum und fühlte mich unwohl in meiner Haut. Gerade hatte ich doch ganz souverän gezeichnet, aber jetzt hätte ich am liebsten irgendetwas zerschmettert. Zerstören wollen, da hatte man es wieder. Es war Adèles Wärme an meinem Körper und ihre Finger an meinem Kragen und den Rücken hinab, die alle Probleme lösten. Wir stürzten zueinander. Aber nun musste ich gehen.

23. Dezember 1916

Mit der Feldpost bekam ich einen Brief von Fräulein Schröder aus Berlin. Fräulein Schröder schickte mir Päckchen und las meine Geschichten und Gedichte. Sie hatte es geschafft, eine Erzählung von mir in einer Zeitung unterzubringen. Die Freude durchfuhr mich wie ein Blitz. Es war absolut wirklich, obwohl sie vergessen hatte zu schreiben, in welcher Zeitung ich gedruckt wurde. Ich bekam zehn Mark Honorar dafür, die sie für mich aufbewahren würde. Ich werde sie sofort darum bitten, mir dafür ein paar Exemplare zu kaufen. Ich könnte sie Bruno zeigen und vielleicht einigen Kameraden. Vor allem denen, die sich Blicke zugeworfen hatten, wenn ich schrieb. Sogar mit klammen Fingern und im Unterstand, angelehnt an eine feuchte Wand, hatte ich das getan. Sie machten auch hämische Bemerkungen, als stünde mir das nicht zu. Manchmal hält man das schwer aus. Es ist die Geschichte von zwei Krähen, die sich über die Menschen unterhalten. Sehr optimistisch ist die Geschichte nicht, und plötzlich bekam ich Angst, ob die vielleicht etwas verändert haben, die bei der Zeitung oder die anderen, auf dem Weg in die Heimat. Bei den Briefen ist die Zensur allgegenwärtig, am Ende schon bei einem selbst. Wenn man den Stift nur in die Hand nimmt, fängt man auf der Stelle an, sich zu verkrampfen. Erst einmal erzähle ich niemandem davon. Im Einschlafen dachte ich mehr an die Tante als an Adèle. Und dann brachte sie mich noch richtig um den Schlaf. Erst jetzt fiel mir ein, dass sie nicht Adèle gesagt hatte, als sie sich in der Tür umwandte. Sie hatte Emma gesagt, mit der Betonung auf dem A. Emma heißt das bei uns. Warum hatte sie das gesagt? Ich wälzte mich hin und her, bis ich beschloss, es einfach zu vergessen. Was interessierte es mich, wie diese Tante Adèle nannte. Ich konnte mich auch verhört haben.

Am nächsten Tag hieß es plötzlich: feldmarschmäßig exerzieren. Keiner erklärte uns warum, so kurz vor Weihnachten im sogenannten Urlaub. Es ist eben so. Kälter wurde es auch. Noch vor der Dunkelheit stahl ich mich davon und zu ihr. Sie hatte auf mich gewartet, öffnete die Tür aber nur halb und streckte mir einen Zettel entgegen.

»Du kommst?«, sagte sie auf Deutsch. »Du musst kommen, bitte«, küsste mich so heftig und heiß, dass ich lichterloh brannte, und verschwand im Haus. Tür zu.

Auf dem Zettel standen die Zahlen 24 und 25. Die 24 war dick durchgestrichen, die 25 von einem Strahlenkranz umgeben. Darunter lag ein Gebilde, das aussah wie ein gebratenes Huhn bei Max und Moritz. Es war die schönste Einladung meines Lebens. Doch bis zum 25. gibt es tausend Möglichkeiten, mich daran zu hindern, sie anzunehmen. Bis zur letzten Minute, bis nach der letzten Minute sogar. Wir sind Spielbälle. Tot stellen hilft nicht, es hilft nur Lethargie. Lethargie anstelle von Vorfreude. Das sind hier die Strategien zum Überleben. Was in drei Tagen alles passieren kann, wenn man angespannt fiebert, dass nichts passiert, ist nicht zu glauben. Die Vorbereitungen dafür, dass es uns zwei oder drei Tage gut gehen soll, versetzen mich in Panik. Militärmusik am ersten Feiertag. In der größten Baracke werden Bänke aufgestellt, und alle, die ein Instrument spielen könnten, trommelt man zusammen. Sie würden Märsche spielen und Weihnachtslieder und wenn ich ehrlich bin: Ich hätte auch geweint, früher.

Viel schlimmer sind die Durchfälle, die immer wieder auftreten und gegen die kein Salbeitee hilft. Über uns allen schwebt das Damoklesschwert der Quarantäne und natürlich des gefährlichen Krankheitsverlaufs und Schlimmerem, wenn es Typhus oder Ruhr sein sollte. Heute morgen eine alarmierende Meldung: Aus dem provisorischen Labor im Steinbau einer alten Gemeindewaschküche wurden Ampullen von Salvarsan geklaut. Das gibt eine strenge Untersuchung und wer weiß welche Restriktionen. Wer macht denn so etwas? Wer es braucht, bekommt es, diese ungeheuer segensreiche Erfindung. Nietzsche zum Beispiel wäre vielleicht gar nicht geisteskrank geworden, wenn es das Medikament schon gegeben hätte. Es spricht ja keiner offen darüber, nur sehr aufgeklärte Menschen. Und wenn das Thema erst einmal angeschnitten ist, gerät man schon ins Grübeln. Wer das hier im Felde stiehlt, versucht Geschäfte damit zu machen. Aber wie? Mit wem? Und wenn er erwischt wird, hat er vor dem Kriegsgericht keine Chance. Aber uns, mich zum Beispiel, hat er möglicherweise um die freie Bewegung in den Feiertagen gebracht.

Der Schreck, der in den Magen fährt, kam für mich

gestern am frühen Abend. Leutnant M. wollte mich sprechen. Kein richtiger Befehl, aber erst, als ich ihn sitzen sah, begriff ich, dass es der Offizier war, der mich für die Zauberkunststücke im Offizierskasino engagiert hatte. Jetzt wollte er das wieder. Für Offiziere und Mannschaften und für den ersten Feiertag, den 25. Dezember. Der Abgrund öffnete sich. Schon, dass er saß, an der Vorderseite seines Schreibtischs, eines provisorischen zwar, aber eines Schreibtischs. Ein Bein über das andere geschlagen. Und ich stand, »bequem«, aber aufrecht. Aber selbst dann, als ich mir einen Stuhl heranziehen durfte und wir uns auf Augenhöhe gegenübersaßen, musste ich allen Mut zusammennehmen, um abzulehnen.

»Vor so großem Publikum bin ich das nicht gewöhnt«, stammelte ich.

Er war erstaunt und nicht darauf vorbereitet, dass sich ein gemeiner Sanitätssoldat einer solchen Ehre entziehen wollte.

»Na, hören Sie mal, Sie werden doch nicht kneifen. Für die Kameraden zu Weihnachten. Da soll doch keiner Langeweile haben oder gar Trübsal blasen. Sie haben das in der Hand.«

Mir kam die Galle hoch. Ich hatte es mit meinen Zauberkunststücken in der Hand, ob die Kameraden Weihnachten 1916 in der Champagne Trübsal bliesen. Unser Friseur zum Beispiel.

»Bitte einwenden zu dürfen, dass ich nicht in Übung bin«, sagte ich und dachte, jetzt rede ich mich um Kopf und Kragen.

Er sah mich nachdenklich an und glaubte mir kein Wort. Und ich hatte keine Ahnung, wie er reagieren würde, was für ein Typ er war. Lavater und Charakterkunde aus dem Reclamheft halfen hier nicht. Dass er sich um die Gemüter der Soldaten kümmerte, sprach für ihn. Aber er brauchte ein Programm, was und wie war ihm wahrscheinlich egal. Er konnte mich schikanieren, wenn ich ihm seine Sache verhagelte, aber zwingen konnte er mich nicht. Was sage ich, wenn er mich fragt, ob ich etwas anderes vorhabe? Er fragte es nicht, aber wie er mich ansah und wie er mit seinen Lippen spielte, dachte er es und hatte vielleicht selbst etwas vor, zu einem anderen Zeitpunkt und ganz bestimmt nicht so lebensentscheidend wie ich.

»Und wenn Sie mehr Zeit hätten zum Üben? Vielleicht für den Abend oder am 26.?«, fragte er leise, und ob es lauernd war, kann ich gar nicht sagen.

»Dann ja, natürlich ja, Herr Leutnant«, schoss es mir heraus, und ich wusste nicht, ob ich ihn hassen oder ihm dankbar sein sollte.

»Dann also am zweiten Feiertag«, beschloss er, »am ersten haben wir ja auch schon die Musik.«

Bruno wagte ich nicht unter die Augen zu treten. Seinen Spott wollte ich nicht ertragen. Immerhin würde es diesmal für alle sein. Üben jedenfalls musste ich nicht. Was sitzt, das sitzt.

28. Dezember 1916

Heiligabend ist hier anders. Auch im Frieden ist er nicht so ungeheuer wichtig wie bei uns. Sie sind hier wohl alle katholisch, und die Mitternachtsmesse ist der Höhepunkt. Deshalb wurde die nächtliche Ausgangssperre für die Einwohner aufgehoben. Als wir im Quartier die Kerzen gelöscht hatten, das Gebäck aus den Päckchen aufgegessen war und keiner mehr ein Lied vor sich hinsummte, gingen wir noch mal hinaus und standen in der Nacht herum. Sie war klar, und wenn man ein paar Schritte in Richtung Ort machte, sah man schwarze Gestalten zur Kirche gehen. Bei uns sind eigentlich alle evangelisch. Theoretisch hätte einer, der katholisch ist, auch dahin gehen können oder müssen. Wäre aber ziemlich absurd, wenn da alle zusammen sitzen und feiern die Heilige Nacht und anschließend sind sie wieder Todfeinde. Der König ist in Sachsen allerdings, seit August der Starke König von Polen werden wollte, katholisch. Deshalb haben wir auch die Katholische Hofkirche. Wenn ich an die denke und an die ganze wunderbare Silhouette der Stadt über der Elbe, steigen mir doch noch die Tränen in die Augen.

Was ich nach dem Treffen mit der Tante in der Küche geschrieben habe, dass es keine Freistatt gibt, nirgends, nehme ich zurück. Adèles Haus ist eine Freistatt, jedenfalls für uns. Sie war allein, und ich wunderte mich nicht darüber, ich wollte mich nicht darüber wundern, und schreibe jetzt einfach hin: Wir waren verrückt aufeinander. Ich war verrückt nach ihr, und es sah so aus, als sei sie auch verrückt nach mir. Das klingt gewöhnlich, ist aber die Wahrheit. Warum sie nach mir verlangte, weiß ich nicht. Diese junge Frau mit ihrem Duft und den leichten Bewegungen und dem seidigen Haar wie aus einer anderen Welt begehrte mich wie ich sie. Waren es die schwarzen Haare, die braunen Augen oder der feste Griff von Händen, die zärtlich sein und auch malen können? Es war das Wunder, und ich nahm es hin. A propos malen. Ich hatte noch Zeit gefunden, ein Weihnachtsgeschenk für sie zu malen, nicht auf einem der Tische im Quartier, wo die Kameraden und besonders Bruno mir über die Schulter geschaut hätten. Auf den Knien in der Waffenkammer, wo ich eigentlich gar nicht sein sollte, hatte ich es schnell hingeworfen: »Bleistiftzeichnung eines Hauses in der Champagne im Winter.« Weil die Rückfront des Hauses mit der leeren Bank zu langweilig gewesen wäre, hatte ich den Pavillon samt Strauch als Anschnitt im Vordergrund dazugenommen. Capriccio heißt das. Bellotto, den sie bei uns Canaletto nennen, hat das auch gemacht.

Sie hatte die Küchentür weit geöffnet, sodass die Wärme vom Herd auch den Flur erfüllte.

»Joyeux Noël«, sagte sie strahlend, und das konnte nichts anderes heißen als »Frohe Weihnachten«.

»Avant tout le poulet«, sagte sie, und weiter ging es, geschäftig und zügig:

Gebratene Hühnerschenkel auf die Teller, Apfelscheiben dazugelegt, Baguette in den Korb, mich auf den Stuhl gedrückt und das Glas mit rotem Wein erhoben. Keine Feierlichkeit, keine Bedeutsamkeit, alles rasch, als wären wir in Eile. Das waren wir ja auch, und ich sollte es lieber nicht vergessen. Das Essen schmeckte wie im Märchen. Als hätte jemand gesagt: »Und sie verwendeten kostbare Spezereien und Gewürze.« Ich spürte und roch Zimt und Koriander, Lorbeer, Estragon und Thymian. Mit Gewürzen kenne ich mich aus. Sie helfen mir, es in der Drogerie auszuhalten. Je exotischer sie und ihre Namen sind, desto besser kann man von den Ländern träumen, aus denen sie kommen. Aber schon Anfang des Krieges waren fast alle Vorräte aufgebraucht.

Mir wurde heiß. Die schwere Uniformjacke hatte ich schnell ausgezogen. Auch das Hemd aus dem festen, groben Stoff wurde zu warm. Ich zeigte mit dem Kopf zum Flur und zu der Tür, die in den Salon und zum Paradies auf dem Teppich zwischen Sesseln, Büchern und mit dem mit Napoleon bestickten Kissen führte.

Aber Adèle blieb sitzen, stützte den Kopf in beide Hände und lachte mir übermütig ins Gesicht.

»Non, Maximilien«, sagte sie. »C'est Noël«, und ich dachte, verdammt, Weihnachten tun sie es nicht.

Sie weidete sich an meiner Enttäuschung nur einen Augenblick:

»C'est Noël«, wiederholte sie, »ich habe auch ein Bett!«

Das sagte sie auf Deutsch und langsam, als müsse sie die Worte suchen und jetzt mit dem fehlenden gehauchten H, so wie es sich gehörte für eine Französin.

Das Zimmer mit dem Bett war oben. Wenn mir jemals jemand gesagt hätte, dass ich in einem breiten französischen Bett liegen würde, hätte ich ihn für verrückt erklärt. Unterstände und Erdlöcher, Lehm und Kälte, Nässe und Dreck, das war Krieg, das war normal. Wenn man viel Glück hat, ein Strohsack in einer trockenen Werkstatt, und wenn der Himmel sich öffnet, eine Stunde auf einem nicht unbedingt weichen Teppich. Das ja. Aber ein breites Bett mit weißem Laken und einer geklöppelten Kante in der Champagne und ich darin ausgestreckt, das gehörte zu den nicht wirklichen Dingen. Geklöppelte Spitzen gibt es bei uns auch. Sie wurden von einer Frau namens Barbara Uthmann erfunden, die damit im 16. Jahrhundert die Leute im Erzgebirge vor dem Hungertod rettete, als die Silbervorräte versiegten und der Silberabbau aufhörte.

Das ist bei uns Schulstoff, und ich frage mich, wie das menschliche Gehirn funktioniert, damit mir so etwas in diesem Moment einfiel.

»Maximilien«, sagte Adèle, »ne rêve pas.«

Schon wenn sie mich Maximilien nannte, gehörte das zu dem unwirklichen Raum, in dem ich mich mit ihr eigentlich befinde. Mit aller Macht holte sie mich in die Wirklichkeit. Für Assoziationen blieb dann eine ganze Weile keine Zeit. Später wäre Reden schön gewesen. Plaudern und sich dabei aneinanderschmiegen und festhalten. Aber das geht erst nach dem Krieg, in unserem blühenden Garten über der Elbe, wenn ich mühelos Französisch spreche und Adèle fließend Deutsch spricht. So blieb nur festhalten und träge mit den Augen im Zimmer herumwandern.

Was unten die Bücher waren, übernahm hier das Porzellan. Kleine schöne Stücke auf einem Bord neben dem Bett. Ich bat Adèle, sie herabzunehmen, und wir drehten sie spielerisch in den Händen. Ein Messer mit spitzer Klinge, ein Leuchter mit Henkel zum Herumlaufen in der Nacht, ein Tintenfässchen und eine winzige Vase, in deren Öffnung gerade mal ein Moosröschen gepasst hätte. Sie waren unter der Glasur bemalt, und Adèle zeigte mir auf dem Leuchter die französischen Lilien.

»Ancien«, sagte sie, und ich drehte ein Stück um und las: Rouen 1831.

»Rouen«, sagte Adèle ernst und bedeutungsvoll, und ich verstand nicht warum.

»Rouen«, wiederholte sie mit Nachdruck und schüttelte den Kopf über so viel Begriffsstutzigkeit.

»Jeanne, la guerre, le feu, Jeanne d'Arc«, rief sie ungeduldig, und ich wusste noch immer nicht, was sie wollte.

Natürlich kenne ich Jeanne d'Arc, die Jungfrau von Orléans und das Drama von Schiller, aber was das mit Rouen zu tun hat, weiß ich nicht.

»On l'a brûlée à Rouen«, schloss Adèle mit Nachdruck. »Les Anglais, tu ne le sais pas?«

Sie stellte energisch alle Antiquitäten auf das Wandbord zurück. Ich war beschämt und konnte mich nur an ein Bild von einer sterbenden Heldin mit Helm und Fahne erinnern und dass der Krieg im Drama aber auch gar nichts mit unserem hier zu tun hatte. Theater eben.

Wir zogen uns an. Das war gut so. Denn als ich auf der Straße Stimmen hörte und Pferdegetrappel, wurde ich unruhig. Warum denn? Wer würde zu Weihnachten eine Razzia machen oder jemanden suchen? Mich schon gar nicht. Ich konnte in aller Ruhe den schwarzen Kaffee in der Küche trinken.

»Spielst du Schach?«, fragte Adèle unvermittelt, als wir im Türrahmen standen und uns nicht trennen konnten.

Sie fragte auf Französisch, und ich verstand es zuerst

nicht. »Échecs« heißt es, »jouer aux échecs«, habe ich gelernt, nachdem Adèle ein Schachbrett in die Luft gemalt und »le roi« und »la dame« gesagt hatte. Ja, ja, das tue ich und mit Begeisterung und nicht ganz schlecht. Ein Lehrherr hatte es mir beigebracht. Es war sein Steckenpferd und kostete mich manche freie Stunde am Feierabend.

»C'est bien«, sagte Adèle und ließ mir keine Zeit zu fragen, ob sie es spiele und warum sie es wissen wollte und nicht einmal Zeit, mich auf der Stelle über die Frage zu wundern, denn sie küsste mich und schob mich sanft, aber bestimmt aus der Tür.

»Bonne nuit!«

»Bonne nuit«, und wieder etwas Neues zum Grübeln für die gute Nacht.

Vielleicht spielt Emma Schach, ging es mir durch den Kopf. Und vielleicht halluziniere ich, weil ich nichts leicht nehmen, weil ich mein Glück nicht fassen kann.

Immer ist es eine große Anstrengung, von Adèles Haus ins Quartier zurückzukehren. Nicht wegen der paar Schritte, die gehe ich schnell, damit ich nicht so leicht beobachtet werden kann. Nein, für die Seele. Den Kontrast muss man aushalten. So eine Küche mit Kachelfries und Krimskrams in der Schublade, ein Teppich auf dem Boden, Bücher an der Wand und bemaltes Porzellan. So gar allein sein dürfen in einem Zimmer, wenn Adèle etwas holt. Nur sitzen und die Wand betrachten. Das ist privat. Hier, wo ich schreibe, sind immer Kameraden, Soldaten, Rauch und Reden und Gerüche von Strohsäcken und lange getragenen Uniformen. Diesmal war es eine ganze Baracke voller Männer auf einem Haufen. Eine Horde. Sie sind unberechenbar. Wir sind unberechenbar, muss ich sagen, denn ich verhalte mich genauso. Manchmal sind wir plötzlich ausgelassen ohne Grund, von sinnloser Fröhlichkeit, die alle erfasst und sich laut steigert, bis sie umkippt in Depression. Und dafür gibt es ja Gründe.

Die Zauberei ging gut. Die Kameraden auf den Bankreihen verwandelten sich in Publikum. Ich machte nur die Sache mit den Karten. Abheben lassen, Karten merken und verschwinden lassen, Gedanken lesen und blitzschnell mischen, oder es so aussehen lassen, als würde blitzschnell gemischt. Keiner machte dumme Zwischenrufe, niemand pfiff mich aus. Ich war ganz ruhig und ohne Lampenfieber. Die Pointe darf ich nie und nimmer verraten: Ich spiele gar nicht Skat. Ich spiele nur mit den Karten. Nach dem Beifall nahm mich der Offizier, der mich engagiert hatte, beiseite und bedankte sich, auf zivile Art.

»Gut gemacht«, sagte er. »Die Übungszeit hat sich gelohnt, oder die Erholungszeit.«

Er blickte mich abwartend an. Er ist kein grobschlächtiger Typ, auch kein süffisanter mit schneidender Stimme. Er war ja auch an der Somme. Obwohl er sich völlig korrekt verhielt, spürte ich, dass ihn die Neugier zerriss. Da konnte ich ihm nun nicht helfen.

15. Januar 1917

Es wurde kälter. Eine Unruhe breitete sich aus, seit die Feiertage vorbei waren. Als läge irgendetwas in der Luft. Adèle hatte nicht »à demain« gesagt nach dem wunderbaren Nachmittag, dem schönsten Weihnachtsfest meines Lebens. Es war keine Zeit dafür gewesen nach »bonne nuit« und der Frage nach dem Schach, und es musste nicht ausgesprochen werden, dass ich kam, wenn ich konnte.

Sie strahlte beim Öffnen der Tür und ließ mich ein. Ich sah gleich, dass am anderen Ende des Flurs ein unbekannter Mantel hing. Dunkel und aufreizend an einem Haken neben der Vordertür. Ich war nie durch diese Tür von der Straße her gekommen und hatte sogar gedacht, sie sei immer verschlossen oder blockiert. Vom Flur aus konnte ich erkennen, dass in der Küche jemand saß, auf Tante Eugénies Stuhl sozusagen. Adèle lachte.

»C'est Marcel, mon cousin«, sagte sie ohne jede Verlegenheit.

Ich war wütend. C'est ma tante, c'est Marcel, c'est wer weiß wer noch! Sollte das jetzt so weitergehen, bis die gesamte Verwandtschaft aufgetaucht war? Adèle wollte ich treffen, und zwar nur sie. Für mich war es nicht gerade ein Kinderspiel, hierher zu kommen.

Es war ein sehr junger Mann, ein Jüngling, könnte man sagen. Trotzdem erstaunte es mich, dass eine männliche Person überhaupt hier herumsaß. Das war kein Kind wie Antoine, ein Schüler vielleicht. Er erhob sich leicht vom Stuhl, stand aber nicht auf und hatte vor sich auf dem Küchentisch ein Schachbrett mit einem angefangenen Spiel.

»Ich spiele mit mir selbst«, sagte er ohne Umschweife mit einem schiefen Lächeln, und zwar auf Deutsch, wie die Tante, die vielleicht seine Mutter war. Aber er sprach langsamer und mit einem stärkeren Akzent.

»Adèle hat gesagt, Sie spielen.«

Er fegte die Figuren vom Brett und stellte sie neu auf.

»Bitte, nur eine Partie!«

Ich war unwirsch. Ich sehnte mich nach Adèle, unentwegt und heftig, aber nicht nach einem Schachspiel mit einem Schüler, setzte mich aber doch ihm gegenüber. Er hatte ein zartes, blasses Gesicht und aufmerksame blaue Augen hinter Brillengläsern. Die waren schmal und mit einem dünnen Rand eingefasst, eine Form wie bei einem so genannten Zwicker, der ohne Bügel auf die Nase geklemmt wird und immer etwas

Vornehmes hat. Beamte tragen ihn, Professoren, manche Gymnasiallehrer auch. Adèle setzte sich zu uns, und wir fingen an. »Weiß oder schwarz«, mehr braucht man nicht zu reden auf der ganzen Welt. Das hätte ich auch auf Französisch sagen könnten, bis es am Ende »Schach« heißt, »échec!«, dann bleibt nur die Frage für wen. Schon nach ein paar Zügen fing er an zu reden, Marcel.

»Sie malen?«, fragte er oder stellte es fest. Es war ja inzwischen bekannt.

»Ja«, sagte ich, »ich versuche es«, und war noch immer ohne Arg.

Ich hatte keine Lust auf ein langes Spiel und dachte nur, wann wird er wohl weggehen. Reden lenkt ab und sollte bei einem ernsthaften Spiel nicht sein, nur wenn man den anderen verunsichern will. Aber er machte ohnehin ein paar grobe Fehler und war im Grunde nicht sehr konzentriert.

»Excusez-moi«, sagte er, stand auf und schenkte sich aus dem Krug auf dem Fensterbrett einen Becher Wasser ein.

Als er ging, sah ich, dass er am rechten Fuß einen schweren orthopädischen Schuh trug und leicht hinkte. Aha, dachte ich, er hat einen Klumpfuß oder etwas in der Art. Deshalb wird er nicht eingezogen, nicht interniert, nicht zur Arbeit verpflichtet und kann sich hier aufhalten. Irgendwie beruhigte mich das, obwohl der

Grund ein schwieriges Schicksal für ihn war. Seine Anwesenheit schien mir nun legal. Er setzte sich wieder und machte einen Zug. Auf seiner Stirn zeigten sich winzige Schweißperlen. Dabei brachte ich ihn eigentlich nicht in Bedrängnis. Es war noch alles offen.

»Sie lieben die Malerei?«, fing er wieder an.

Und ich: »Ja, sehr.«

»Welche besonders? Die italienische Renaissance oder auch die Impressionisten?«

»Alle«, sagte ich und dachte, er will mich ablenken. So macht man das nicht.

Ich sagte streng: »Wollen wir reden oder spielen?«, und erschrak über meine Unhöflichkeit.

Aber das war unnötig. Denn Marcel sagte entschlossen:

»Reden«, und lehnte sich zurück.

Ich unterhalte mich unendlich gern. Über Philosophie, über »Genie und Wahnsinn«, über die Welträtsel und besonders gern über Malerei. Aber nicht jetzt und nicht mit Adèles ausgedehnter Verwandtschaft. Notgedrungen hatte ich mich zu einer Partie Schach bereit erklärt, zu nichts anderem. Aber dem Cousin schien es auf einmal die Sprache verschlagen zu haben. Er schwieg und sah mich unglücklich an. Was ist denn nun, worüber wollen wir also reden, dachte ich ungeduldig. Doch nicht noch einmal über den verdammten Krieg und wer Schuld hat. Doch nicht wir, hier in der Küche. Sie sahen sich an. Das war nicht der Blick, der darüber entscheiden soll, ob man sich über italienische Renaissance oder Impressionisten in der Malerei unterhalten wird. Mit einem Mal war das eine andere Stille. Was ist hier im Busch? Die simple Redensart schoss mir durch den Kopf und traf es genau: Es war etwas im Busch.

»Wir wollen dir etwas zeigen«, sagte der Junge auf Deutsch, und ich dachte: O Gott, und war auf alles gefasst.

Sie verstecken jemanden, sie haben etwas gestohlen, im Keller sind Waffen, es gibt einen Toten, einen Verwundeten, einen Spion. Bin ich schon in Teufels Küche oder habe ich noch eine Chance? Was hatte es zu bedeuten, dass er mich duzte? Brachte er nur die Grammatik durcheinander? Seine Mutter hatte mich immer gesiezt, auch in der Erregung. Oder war es schon Kumpelei, oder Verachtung? Ich nahm mich zusammen. Einen ängstlichen Boche, der sich sofort aus der Ruhe bringen lässt, sollten sie nicht zu sehen bekommen. Sehr merkwürdig, dass ich auf einmal Abstand zu ihnen beiden hatte. Auch zu Adèle. Ich nahm sie sofort als Einheit. Sie waren »sie«, und auf der anderen Seite war ich. Und Adèle wusste Bescheid. Sie war voll im Bilde bei unserem Wortwechsel in deutscher Sprache, weil sie von vornherein im Bilde war. Darüber dachte ich noch gar nicht nach. Das kam später.

»Muss es sein?«, fragte ich.

»Ja«, sagte der Junge. »Bitte, es ist keine Gefahr.«

Dass er von Gefahr sprach, bedeutete natürlich, dass es Gefahr gab, dass es sich nicht um eingemachte Pflaumen oder den Granatschmuck der Großmutter handelte, den sie mir zeigen wollten.

»Es ist nur ein Bild«, erklärte Marcel, und Adèle bestätigte wie ein Echo »un tableau« und lächelte entwaffnend.

Ich atmete durch und schämte mich. Ein Bild wollten sie mir zeigen, vielleicht eines, das der Vater gemalt hatte und das sie von mir beurteilt haben wollten, von mir, dem deutschen Soldaten, der so gut malte. Oder eine böse Karikatur über die Boches, die sie versteckt hatten. Die beiden aber entspannten sich nicht.

»Viens«, sagte Adèle, »viens à la cave, Maximilien.«

Also doch. In den Keller. Warum in den Keller, um mir ein Bild zu zeigen? Vorsicht gegenüber der Zivilbevölkerung! Die Kontakte auf ein Minimum beschränken! Wir sind im Krieg und im Feindesland, und Gefahren und Hinterhalte lauern überall, auch wo man es sich gar nicht vorstellen kann. Eingehämmert diese Sätze, und jetzt tauchten sie auf. So schnell und nach all diesen Tagen mit Adèle. Wer war Marcel, und wer war sie? »Geschwisterpaar nimmt deutschen Soldaten als Geisel im Hinterland der Front.« Schlagzeile in der Kreuzzeitung zur Abschreckung aller. Wie komme ich auf Geschwisterpaar? Er ist doch ihr Cousin. Sagt sie. Und warum ich als Geisel und wofür?

»Maximilien, bitte«, sagte Adèle auf Deutsch und legte ihre Hand auf meine.

Nicht auf den Arm oder auf die Schulter, auf die Hand. Haut auf Haut. Sie wusste schon, warum. Wenn ich über einen Soldaten im Land des Todfeindes gelesen hätte, dass er an der Hand einer Frau aus freien Stücken eine enge Kellertreppe hinabstieg, nur bemüht, in der Dunkelheit nicht zu stolpern, hätte ich den Mann für verrückt erklärt. Aber genau das tat ich. Ich ließ mich in den Keller führen.

Es war tatsächlich ein Bild. Um das erkennen zu können, musste Marcel erst einen Sack vom Kellerfenster entfernen, ein Regal voller Knollen und Gartendraht verschieben und lose Ziegel aus der Wand nehmen. Um Malversuche des Vaters konnte es sich nicht handeln. Marcel nahm das flache Paket aus der Wand, legte es auf eine Kiste in den fahlen Lichtschein des hoch gelegenen Fensters und wickelte das Bild sorgsam aus dem Tuch, in das es eingeschlagen war. Es war schön. Und ein Impressionist. Kein heller, heiterer, wie man sie kennt. Die Farben waren grau, silbergrau. Weiße Häuser und Kähne, eher Schiffe an einem Fluss und der bewegt und flirrend. Und wie es so ist bei denen: Mit einem Schlag ist man in einer anderen Sphäre und spürt eine andere, leichtere Luft.

»C'est Rouen«, sagte Adèle und warf mir einen Blick voller Einverständnis zu.

Marcel bemerkte das nicht. Er sagte: »C'est un Pissarro«, und wartete.

Von dem hatte ich noch kein Bild gesehen, nur den Namen gehört. Ich wartete auch. Gefahr war hier keine. Das stimmte wohl, und den Keller würde ich wohl lebend verlassen, wie es aussah. Aber wie ging es weiter? Ich kam mir wegen meiner Schreckensbilder lächerlich vor und hoffte, dass Adèle von meinem Misstrauen nichts gespürt hatte. Sie haben es versteckt, ein kostbares Bild. Na und. Das muss mich nicht kümmern. Noch. Marcel packte es wieder ein und verstaute es in der Wand. Es war nicht sehr groß. »Fünfundvierzig mal fünfunddreißig Zentimeter«, hatte er gesagt, als er meinen abschätzenden Blick sah. »Nicht schwierig, wenn man es trägt«, hatte er hinzugefügt. Ich hatte genickt und mir nichts dabei gedacht. Er verhängte das Fenster, und ich fand das unnötig, da das Bild in der Wand verborgen war. Wir stiegen nach oben, und Marcels schwerer Schuh klackte auf den Stufen. Jetzt habe ich einen echten Impressionisten aus allernächster Nähe gesehen und ihn in der Hand gehalten, dachte ich. Obwohl ich mich eigentlich nicht erinnern konnte, ob ich das Bild wirklich in der Hand gehalten hatte. Vielleicht hatte ich nur geschaut und gestaunt und »Oh« gesagt und war immer noch unruhig geblieben bei dem ganzen unerwarteten, geheimnisvollen Unternehmen. Dass dieser Marcel noch einmal verschwinden würde, durfte ich wohl für diesen Tag nicht mehr hoffen. Er stand dann am Küchenfenster mit dem Rücken zu mir, stützte die Hände auf das Fensterbrett und entspannte sich nicht. Bereuten sie jetzt, mir das Bild gezeigt zu haben?

»Ich verrate nichts«, sagte ich. »Wem sollte ich davon erzählen?«

Er wandte sich um.

»Es gehört der Familie«, sagte er, »sie konnten es nicht mitnehmen.«

Wer, sie, überlegte ich. Der Zahnarzt? Der Vater? Welcher Vater, der schließlich gar kein Bild gemalt hatte, welche Familie und wer gehörte dazu? Aber warum sollte ich derlei komplizierte Fragen stellen? Was ging es mich an? Dann begriff ich: Das Bild war der Grund dafür, dass Adèle hiergeblieben war. Sie und der Junge bewachten das Bild. Ich hatte keine Ahnung, wie wertvoll es war. Ein bekannter Impressionist, fünfundvierzig mal fünfunddreißig Zentimeter, »Schiffe und Häuser mit Fluss, Öl«. So etwas hängt in den großen Museen, und hier ist es in der Kellerwand versteckt. Vielleicht ist es so viel wert wie das ganze Haus oder mehr und sollte ihre Lebensgrundlage sein für nach dem Krieg.

»Hier kann es nicht bleiben«, erklärte der Junge kategorisch, setzte sich mir gegenüber an den Tisch und hatte wieder die kleinen Schweißperlen auf der Stirn.

Warum denn nicht. Es war in einem sicheren Versteck. Und sie glaubten doch nicht im Ernst, dass die Deutschen die Kellerwände aufreißen würden, um nach verborgenen Schätzen zu suchen. Jetzt, da sie sich in einem guten Etappenort einigermaßen eingerichtet hatten.

Adèle setzte sich neben mich, und sie schwiegen. Sie sprachen es nicht aus, aber sie meinten es: Der Krieg würde hierher zurückkommen. Sie mussten es wünschen und hatten doch keine Ahnung.

»Die Mauern hier sind zu schwach. Sie brechen zusammen, auch der Keller, wenn …«, sagte Marcel und vollendete den Satz nicht.

»Es muss ins Château«, erklärte er stattdessen.

»Welches Château?«

»Das große Weingut. Es hat riesige Keller, viele Gänge und dicke Mauern. Dort ist es tief in der Erde geschützt. In einem der Pfeiler ist es wie in einem Bunker.«

»Dann bringt es hin«, sagte ich und wollte ihnen nicht erklären, was ein Krater ist, ein Granattrichter, und dass ein Treffer in ihr Château auch die Pfeiler nicht verschont.

»Wir können es nicht. Die Deutschen sind dort. Wir kommen da nicht hinein, und nicht mit einem Paket.«

Die Deutschen. Na klar. Irgendein Stab im Château, und sie kontrollieren streng. Da konnte man natürlich kein Bild in den Weinkellern verstecken. Kinder, dachte ich, ihr seid Kinder, und ich zuckte die Achseln. Und es war mir eigentlich egal.

»Du musst es dahin bringen«, erklärte Marcel.

»C'est toi, Maximilien«, sagte Adèle und legte ihre Hand auf die meine.

Im ersten Augenblick konnte ich das nicht ernst nehmen, obwohl es in zwei Sprachen gesagt war. Aber sie hatten schon an alles gedacht, wie sie meinten. Marcel zog ein graugrünes Stück Landkarte aus der Hosentasche und strich es auf dem Küchentisch glatt. Es war eine Art Flurbeschreibung mit eingezeichneten Wegen, den Umrissen der Nachbarorte und dem rot eingekreisten Château. Perfekte Vorlage für das Kriegsgericht, um einem ehrvergessenen Sanitätssoldaten wegen geplantem Hochverrat den Rest zu geben. Denn wozu sonst als für irgendwelchen Verrat brauchte ich eine französische Karte, fast ein Messtischblatt, mit der gut markierten Angabe des Aufenthalts eines deutschen Stabes? Auch wenn es völlig unerheblich sein würde, dass dieser ohnehin weithin bekannt war. Das Kartenfetzchen lag vor uns auf dem Küchentisch wie von Gift getränkt. Ich rührte es nicht an. Die Karte mit dem umrandeten Château reichte. Dann musste nur noch der Sanitätssoldat Max P. mit einem Pissarro unter dem Arm kontrolliert und zum Verhör geführt werden. Ich konnte nicht einschätzen, wie weit ich bereits in der Sache drin steckte, allein durchs Zuhören. Aber andererseits, wenn es nun keiner von unseren Leuten merkte und ich mir nach dem Krieg meinen Anteil abholen würde, könnte doch sein. Es reichte vielleicht für ein Gartenhäuschen mit Adèle an den Hängen über der Elbe! Ich musste sofort gehen. Auf der Stelle. Und nie wiederkommen. Die beiden würden zurückbleiben mit ihrer Enttäuschung, von nun an auch mit Angst und mit Wut. Sie hatten mir über alle Maßen vertraut. Hatten sich diesem Boche ausgeliefert, diesem Soldaten ohne Offiziersrang, ohne Schulterstücke, ohne eine Uniform aus feinem Tuch, der kein Pferd ausritt und nicht ordentlich Französisch sprach, eigentlich gar nicht, sich aber in Adèle verliebt hatte und verrückt nach ihr war. Und der gut malte und nicht wollen konnte, dass ein Pissarro mit all seiner flirrenden Schönheit in lehmiger Erde verschwand und für immer verloren ging. So hatten sie gedacht. Ich ging nicht. Aber ich schüttelte den Kopf. Damit hatten sie gerechnet und mein langes Schweigen nicht unterbrochen.

»Für dich ist es ganz einfach«, sagte Marcel. »Du gibst es nur dem Verwalter. Monsieur Benoît ist dort geblieben und weiß Bescheid. Er kennt eine gute Stelle. Es sind doch keine Waffen. Das hätten wir nicht verlangt.«

Sein Blick ging zwischen mir und Adèle hin und her. Ein frecher Junge war das auf einmal, der darauf vertraute, dass dieser junge Mann für Adèle alles tat. Er hatte ja recht. Fast. Und es war auch nicht die Rücksicht auf ihr Vertrauen, oder weil ich nicht feige erscheinen wollte, dass ich kein kategorisches Nein herausbrachte. Es war der nackte, pure, primitive Egoismus. Jeden Tag, den ich in diesem Nest verbringen sollte, jeden Tag, den ich diesen Krieg überlebte, wollte ich sie spüren. Freiwillig gab ich ihre Nähe nicht auf.

Wir saßen und schwiegen. Nicht einmal schwarzen Kaffee hatte Adèle unter den Dielen hervorgeholt. Vielleicht kannte Marcel das Versteck nicht. Wer etwas kannte, wer etwas wusste, etwas nicht wusste, war nicht eindeutig. Nur, dass ich Adèle ansehen wollte, diese durchscheinend zarten Schläfen und diesen schönen Mund, das war eine fixe Größe in aller Unsicherheit. Das Winterlicht war kalkig und schmeichelte niemandem. Adèle trug eine eng anliegende Bluse aus weinrotem Musselin, bedruckt mit winzig kleinen Blüten, wie ich es einmal auf einem van Gogh gesehen hatte. Sie war weniger blass als der Junge und ich und hatte das seidige braune Haar, das ich auf der Haut spürte, ohne dass wir uns berührten.

»Ich kann nicht einfach gehen, wohin ich will«, fing ich an.

»Du kommst doch immer hierher«, fiel Marcel schnell ein.

»Es ist der Ort, wo wir im Quartier sind, das ist etwas

anderes. Ich habe keine Ahnung, um welchen Stab es sich handelt. Ich kann keinen Grund angeben, was ich dort zu suchen habe.«

»Dir fällt etwas ein. Du hast Phantasie. Du zauberst, du malst, du schreibst Geschichten«, sagte Marcel, und augenblicklich erwachte meine Angst.

Woher wusste er das? Was hatte ich Adèle denn selbst schon erzählen können mit unserer knappen Sprache? Wer provozierte hier wen? In welchem Netz zappelten wir?

Manchmal ist es gut, dass es Zwänge, Regeln, Einschränkungen gibt. Ich musste ins Quartier. Ich konnte sagen, dass ich ins Quartier musste. Wie immer begleitete Adèle mich zur Tür. Marcel mit seinem spöttischen Schülerblick am Küchentisch brachte uns um die volle Zärtlichkeit beim Abschied, auch wenn wir ihn gar nicht sahen.

Bruno kam mir entgegen und fand, ich sähe grau aus. Es war wohl eher er, der sich grau fühlte. Er fragte, ob wir ein Stück gehen könnten. Wir liefen an unserer, dann an anderen aufgegebenen Werkstätten entlang. Dort, wo wir die Stämme gesägt hatten, lagen noch dicke Späne, und die Pfade zwischen den Weinstöcken waren zertrampelt.

»Kennst du Pissarro?«, platzte ich heraus.

»Ja, aber na klar. Wie kommst du denn darauf?«

»Nur so.«

Ich hätte mir am liebsten die Zunge abgebissen.

Bruno, schlagartig von der Langeweile befreit, brannte vor Neugier.

»Versteht sie was von Kunst? Guckt ihr Bildchen an, Kalenderblätter?«, fragte er.

Spöttisch, aber auch wirklich interessiert. Und neidisch. Wie kommt er denn so zurecht, der große Bonvivant der Bohèmeszene, schoss es mir durch den Kopf.

»Pissarro! Mann, was sagst du da?«, rief er.

Ich hatte einen Ton in ihm angeschlagen, und er begann zu träumen.

»Die Champagne hat er nicht gemalt, glaube ich. Paris natürlich. Und eher den Norden. Ich kenne ein paar Bilder, aber viel kriegst du nicht zu sehen bei uns. Und vielleicht nicht noch einmal im Leben.«

Er knallte mit dem Stiefel gegen Steine und Lehmbrocken.

»Den Pointillismus hat er aufgegeben. War auch besser so«, sagte er noch zu sich selbst und versank in Schweigen.

Ich war aufgewühlt. Hier könntest du einen sehen, dachte ich, und war kurz vor dem Bersten. Ich, der nicht akademische, dilettantische Pinsler, der kleine Ladenschwengel, hatte einen Pissarro in der Hand gehabt. Natürlich hatte ich ihn in der Hand gehabt! Und wenn ich wollte, gehörte mir eines Tages ein Stück von ihm, mir, dem Retter der »Ansicht von Rouen, Häuser am Fluss«.

»Er war auch ein Freund der kleinen Leute. Sozialist«, sagte Bruno noch.

»Schon lange tot.«

Seine Gedanken gingen wieder in die andere seiner Lieblingsrichtungen. Er fragte nicht weiter.

Erst nach dem Essen am Abend, nach Erbsensuppe und schwarzem Brot, traf es mich wie ein Keulenschlag. Weil ich wegen Bruno noch einmal an das Bild dachte. Auf einmal war alles Hochgefühl wie weggeblasen. Er ist ein ganz großer Maler, und dafür lohnt es sich, einen Plan zu machen und eine Spielfigur aufzubauen, sie auf dem Schachbrett einzusetzen, einen Bauern, einen wie mich. Es ist ein altmodisches Wort, aber ich kann es nicht anders ausdrücken: Das Herz zog sich mir zusammen, und für einen Moment dachte ich, der Herzschlag setzt aus, es bleibt stehen. Aber es schlug weiter, die ganze Nacht hindurch, als ich lag und meine Gedanken sich im Kreise drehten. Immer hatte ich mich gefragt, warum Adèle sich mit mir einließ, mich empfing, mir das Glück der Erde schenkte. Sie ist allein und ausgehungert wie ich und sehnt sich nach Zärtlichkeit und der Wärme eines anderen Körpers und ganz einfach nach Lust, so wie ich. So hatte ich mir das gesagt. Und hatte mich selbst als einen gesehen, den man heftig begehren kann. Wie verrückt begehren? Ja, auch wie verrückt. Das erste Treffen jedenfalls am Salbeistrauch, als das Licht so klar war und sie in der roten Jacke vor der Hauswand saß, kann nicht geplant gewesen sein. Auch nicht auf dem Teppich im Salon, als der schwarze Ofen glühte und sie nicht genug bekommen konnte, wie ich, und wir uns an unserer Haut freuten, weil sie so glatt und ohne Makel war, bei uns beiden. Nein, da auch nicht. Und später, wenn wir ineinanderstürzten, auch nicht. Und nicht, als wir uns vorlasen, und nicht, als sie gekocht hatte, und nicht, als wir das Porzellan begutachteten. Und überhaupt nicht. Oder doch? War es die Tante, die mich prüfen sollte, war es Marcel, der das Schachspiel vorschob und mich erforschte mit seinen klugen grauen Augen hinter den vornehmen Lehrerbrillengläsern? Alles war möglich. Aber ich wollte nicht, dass es möglich war. Ich wollte nicht, dass ein schöner Körper so lügen kann und Vergnügen heucheln. Ich wollte nicht wieder so sein, schwerfällig, selbstquälerisch, dreimal verknotet in sich selbst wie vor der heiteren Lust mit Adèle. Heißt das, ich klemme mir einen Pissarro unter den Arm und trage ihn über das Feld, auch wenn ich nur die Schachfigur bin und am Ende matt? Ich wusste es nicht.

Und dann ist es auf einmal gut, Spielball zu sein, und mit einem Schlag daran erinnert zu werden, dass man ohnehin und grundsätzlich nichts anderes ist in diesem Krieg.

Der Befehl kam überraschend am frühen Morgen, als ich noch in der grauen Unterwäsche herumstand. Pflegetasche mit Gurt abholen und sich am Bahnhof einfinden, in einer Stunde. Der erste Schreck fuhr wie Eis in den Magen. Aber Bahnhof bedeutete nicht Front. Es hieß »Begleitung eines Transports von Zivilisten als Sanitäter für alle Fälle«, und Hals über Kopf geschah es, weil ein anderer plötzlich ausgefallen war. Für wie lange, das sagte einem keiner. Und wie ich Adèle benachrichtigen könnte, schon gar niemand. Natürlich war ich einige Male ohne Nachricht weggeblieben, als wir die Gräben aushoben zum Beispiel. Diesmal aber musste sie denken, es sei wegen des Bildes und aus Angst. Ich überlegte fieberhaft. Es blieb nur Bruno, aber Bruno blieb eben nicht. Bruno, der Verführer par excellence, der einem schönen Mädchen zeigen würde, was es an einem echten Künstler hatte, der einen Pissarro gebührend zu schätzen wüsste und schon eine Idee haben würde für große Unternehmungen. Bruno bekam von mir weder eine Nachricht, um sie zu überbringen, noch die Adresse, wohin sie zu überbringen wäre. Adèle musste warten. Und ich musste noch das Bett bauen, bevor ich im Eiltempo abzog. Das Bett musste auf Kante gemacht verlassen werden. Auch wenn es möglicherweise in die Luft fliegen würde und nicht nur das Bett dann ganz unordentlich aussehen würde und mit ganz anderem als mit Bettzeug vermischt sein könnte. Ich denke schon wie Bruno. Dabei habe ich mit ihm nur über Pissarro gesprochen und bin kein Revolutionär.

Es waren französische Zivilisten, die ich begleitete, und ich wurde nicht schlau daraus, um wen es sich handelte. Um Internierte, Dienstverpflichtete, Kranke? Ein paar Feldgraue beschützten oder bewachten den Transport. Und was wir alle teilten, war die Kälte. Die Wagen konnten nicht geheizt werden, wie es hieß, und wir hockten uns so eng zusammen, wie es nur ging. In einem Abteil hatte einer einen großen gestrickten Schal. Der wanderte, um jedem einmal einen warmen Hals zu verschaffen, und erst später habe ich darüber nachgedacht, womit man sich da hätte anstecken können. Wir fuhren weit ins Belgische hinein. Draußen nackte Felder und zerschossene Gehöfte. Und weil ich wohl gerade ans Zugfahren gewöhnt war, schickte man mich nach der Rückkehr sofort wieder los, diesmal weit nach Süden bis an die deutsche Grenze und mit deutschen Soldaten, und keiner wusste, wozu. Die Fahrt schien endlos und mit vielen Stockungen, auch nachts.

Truppentransporte waren das nicht. Aber die Gerüchte schwirrten. Wir landeten in einer aufgelassenen Eisenerzhütte und wurden in den ehemaligen Arbeiterwohnhäusern untergebracht. Dort pfiff der eisige Wind durch kaputte Fenster und aufgebrochenes Gebälk. Zwölf Mann hockten eng um einen kleinen Ofen. Die Mäntel wurden nie abgelegt, die Feldmützen tief in die Stirn gedrückt. In der Nacht gefror der Tee in den Schüsseln, und die Marmelade schmeckte wie Speiseeis. Wegen Kaisers Geburtstag spendierte man uns einen Eimer Bier. Das mussten wir erst auf dem Ofen wärmen, weil es angefroren war. Licht gab es abends nicht, obwohl es ab fünf Uhr dunkel ist. Das Gute war: An die Probleme mit Château und Bild dachte ich nicht. Nur an das Quartier in der Werkstatt und an das Paradies. Schließlich brauchten sie keinen Sanitäter mehr oder hatten welche am Ort, und ich durfte zurück. Die Kälte ließ nach, und das Land versank in Regen, Schmelzwasser und schmierigem Brei. In trostloser Vergeblichkeit fuhren die Menschen hin und her, hin und her.

Zehn Tage war ich unterwegs. Für meine Seele, meine Knochen und meine Kleidung waren es zehn Wochen. Ich schlief zehn Stunden, redete nichts und hatte den nächsten Tag frei, freier als frei. Vor der Tür an Adèles Haus schlug mir das Herz bis zum Hals. Im ersten Moment war sie überrascht, dann strahlte sie und rief:

»O Max!« Einfach Max, und nicht Maximilien, und das kam der Wahrheit viel näher, ohne dass sie es wusste. Sie war allein. Und sie freute sich. Wieder kann ich das nur so einfach ausdrücken. Aber es stimmte und sagt alles: Sie freute sich. Dabei wusste sie doch nicht, was ich mit dem Bild vorhatte und ob ich überhaupt etwas damit vorhatte.

Ich hatte mir ein paar Sätze zurechtgelegt, mit denen ich ihr erklären wollte, dass ich mit der Eisenbahn unterwegs gewesen war. Train, chemins de fer, accompagner und service sanitaire sollten darin vorkommen, und ich fing langsam auf Deutsch an, was sie ja ein wenig verstehen musste wegen der Zeit im Elsass. Aber sie wollte gar nichts hören.

»Dix jours«, rief sie und hielt ihre Finger in die Höhe. Und dann: »C'est bon, Max«, und gab mir einen Kuss, und mich überflutete eine Woge von Glück. Nicht wegen des Kusses, sondern weil sie die Tage gezählt hatte, an denen ich nicht gekommen war.

Zum Essen schien diesmal nicht viel im Haus zu sein, aber auf Lebensmittel hatte ich keinen Hunger. Sie brachte Wein und ein Stück Baguette und schob ein paar von den getrockneten Äpfeln von der Schnur. Vor allem aber riss sie die Tür zum Salon auf, schmetterte Holzscheite in den kleinen schwarzen Ofen und zündete sie an.

»Il fait froid en haut«, sagte sie mit einem Blick zur

Treppe und warf die Ziegenfelldecke mit Schwung auf den Teppich. Und als der Ofen warm geworden war, nahmen wir Teppich und Decke in Besitz. Ihr Schoß war kühl. Meine Lenden waren heiß, aber schon nach Minuten, ach was, nach Sekunden, konnten wir das nicht mehr unterscheiden. Beide waren wir eins und unerhört frei.

Das Bild hatte ich mit keinem Wort erwähnt und mir auch nicht überlegt, wie ich mich drehen und wenden sollte. Es war fast unwirklich geworden in diesen Zügen, die durch das geschundene Land ratterten, in diesem eiskalten Quartier mit den zusammengekauerten, erstarrten grauen Männern. Nur Adèle war wirklich gewesen, auch dort. Sie fragte nichts. Sie jedenfalls war nicht die treibende Kraft bei der Sache mit dem Bild, und Marcel war nicht zu sehen. Wie immer musste ich weg.

Schon von weitem sah ich, dass im Standort etwas los war. Dass sie ausgerechnet mich suchten, sollte ich gleich erfahren.

8. Februar 1917

Eigentlich wollte ich nicht aufschreiben, was dann alles passierte. Es verdirbt mir nur das Quartier und unseren Ort, der Adèles Ort ist. Aber wenn ich es nicht loswerde, träume ich ewig davon. Sie liefen alle durcheinander, aufgeregt und aufgescheucht, Soldaten aller Dienstgrade außer den hohen Offizieren. Einer erkannte mich und rief sofort: »Dich suchen sie«, und zeigte mich einem Unteroffizier, und ich bekam weiche Knie und dachte, ich falle vor Schreck sofort um.

»Da sind Sie ja«, sagte der Unteroffizier, und ich nahm Haltung an und brachte fast mechanisch heraus, dass ich Ruhe hatte, weil ich zehn Tage auf der Bahn war.

»Ist schon gut«, rief der, »Hauptsache, Sie sind da. Wir brauchen Träger, die den Schritt für Schwerstverwundete beherrschen. Da ist einer an der Bahnlinie. Schnell, schnell, fassen Sie eine Trage und folgen Sie mir!«

Mit der Trage kam schon ein anderer, ein Thüringer, aus dem Nebenquartier, und ich holte erleichtert Luft, weil es nichts mit mir zu tun hatte, keine Anzeige, nichts mit Marcel. Verwundete war ich ja gewohnt. Bis vor ein paar Tagen, bevor ich mit dem Zug losfuhr, hatte ich gar nicht wahrgenommen, dass es hier einen Bahnhof gab. Im Laufschritt liefen wir dahin und daran vorbei, den Rufen nach, die von den Schienen ein Stück vom Bahnhof entfernt kamen. Auf den blanken Gleisen lag ein menschlicher Körper, der brauchte keine Trage für Verwundete mehr. Er war in zwei Teile geteilt und tot. Alles war voller Blut. Trotzdem leuchtete sein Hemd weiß, und im unversehrten Gesicht war ein Auge weit und starr geöffnet und das andere mit einer schwarzen Augenklappe bedeckt. Die Lokomotive hatte man ein Stück zurückgefahren. Vom Lokführer war nichts mehr zu sehen. Aber vielleicht hatte er das trotz des Schocks noch gemacht. Kaum zu erklären, wie viele Menschen hier auf einmal herumstanden. In Windeseile von allen Enden des Ortes zusammengelaufen, der sonst halb entvölkert schien. Die Kameraden drängten sie zurück und sperrten ab. Der Unteroffizier, mit dem wir gekommen waren, wandte sich zu uns um.

»Können Sie …«, fragte er sehr leise und zeigte mit dem Kopf auf die Bahre, die ja jetzt wirklich eine war, obwohl ich das Wort sonst nicht leiden kann für die Tragen.

Wir nickten und hoben den Körper an, der irgendwie noch zusammenhielt, legten ihn auf die Bahre und stellen sie neben den Gleisen ab. Dabei klaffte das seidene weiße Hemd auseinander, und das rotbraune, blank glänzende Innere des Brustkorbs erinnerte an eine riesige Kastanie in aufgeplatzter Hülle.

Es war totenstill geworden trotz der vielen Menschen. Die meisten von ihnen hatten so etwas noch nicht gesehen. Und zugepackt bei so einer Sache hatten sie auch nicht. Ich schon. Aber so merkwürdig es klingen mag, es war etwas anderes als im Feld. Ich muss darüber nachdenken, warum. Vielleicht wegen des weißen Seidenhemdes oder weil es so unerwartet kam. Soldat war er nicht. Ein Zivilist. Musste wohl ein Franzose sein.

Zwei Stabsärzte erschienen, stellten den Tod fest und verschwanden wieder. Die Bahre war jetzt mit einem Tuch bedeckt, und der Kamerad und ich wollten sie anheben und sahen den Unteroffizier fragend an.

»Sie ruhen sich jetzt aus«, sagte der bestimmt. »Das können andere machen.«

Und er winkte zwei Feldgraue heran.

Der Thüringer nickte mir zu und ging. Mir war flau im Magen, und ich wollte allein sein. Solche Wechselbäder muss man erst mal aushalten. Zwei Stunden zuvor, ach was, eine Stunde zuvor hatte ich Adèle im Arm gehalten und sie mich.

Die Leute waren schnell weggegangen, und ich setzte mich auf einen Holzblock ein paar Schritte von den Schienen entfernt. Da sah ich den Mantel im Gebüsch. Er musste dahin geschleudert worden sein oder war vorher abgelegt worden. Vorher. Vor dem Unfall. Vor dem Geschehen. Vor dem Tod. Ich zog ihn zu mir heran. Er war völlig intakt und ziemlich kostbar.

Ein Mann von der Bahn war vorhin mit einem großen Eimer gekommen und hatte Sand über das Blut gestreut. Ich hatte gedacht, dass der nicht auf den Gleisen bleiben konnte, der Sand. Ein Unteroffizier hatte das feine Goldkettchen eingesteckt, das zwischen den Schotter geglitten war. Nicht der, der mich gerufen und entlassen hatte, ein anderer. Das waren die beiden Bewegungen, die ich gesehen hatte und an die sich meine Gedanken klammerten. Damit sie das Bild von dem Körper mit dem Seidenhemd und den weichen Stiefeln, die auch einmal dazugehört hatten, überdeckten. Und jetzt sein Mantel. Ein Wettermantel von feinem, festem Tuch mit olivgrünem Karomuster und gedrechselten Steinnussknöpfen – eine ganze Leiste. An denen fuhr ich entlang, an jedem einzelnen, langsam und sorgfältig, und rollte den langen Mantel zusammen so fest und eng es ging, klemmte ihn unter den Arm und nahm ihn mit ins Quartier. Niemand bemerkte, dass ich ihn unter mein Bett schob.

Wir haben hier auch eine Tischlerei, und ein paar Särge waren da schon getischlert worden. In der Etappe sollte alles seine Ordnung haben. Anders als an der Somme. Da lagen die Toten tagelang neben den Kampfgräben, bis man sie beerdigen konnte. Ich musste noch einmal zu ihm hin. Die Tischlerei roch gut nach Spänen und frischem Holz. Das war wie Wald und machte mich ganz fertig. Sie hatten ihn schon hineingelegt und den Deckel geschlossen. Sollte ich ihm jetzt seinen Mantel mitgeben, wo er ihn doch ausgezogen hatte?

Er wurde auf dem Friedhof im Ort begraben.

Bruno zeigte eine gewisse Scheu, die ich bisher nicht an ihm kannte.

»Man hört, dass du …«, fing er vorsichtig an, fragte aber nicht weiter, als ich abwinkte.

Später konnten wir verfolgen, wie sich die Gerüchte ausbreiteten. Welch abenteuerliche Geschichten sie sich erzählten!

Natürlich war er ein Comte oder ein Marquis von einem Schloss in der Nachbarschaft und sein Liebeskummer seit langem bekannt. Eine Frau, die im Casino half, wusste es genau. Die feine Kleidung verriet alles, und der Verlust des Auges rührte von einem Duell her. Nein, es war ein Spion, der enttarnt worden war und sich der Verhaftung und Füsilierung entzog. Ein Kollaborateur, der vor der Rache seiner Kameraden floh, ein Schwerkranker ohne Hoffnung, ein tragischer Unfall. Von dem Mantel wusste keiner. Niemand wunderte sich über die leichte Kleidung.

Alle waren im Feld gewesen, in der Hölle der Schlachten. Wir sprachen darüber nicht. Wir wissen, dass alles weitergehen wird. Aber wir alle erregten uns über einen Toten, den wir nicht kannten, der keinem von der Seite weggeschossen worden war, den keiner schreien oder wimmern hörte, als er starb. Wie ist der Mensch? Querfeldein habe ich Bücher gelesen über Seele und Charakter, all die Jahre. Und dann liegt man hier und staunt über die anderen und über sich selbst.

Mich beschäftigte der Mantel, und ob ich ihn gestohlen hatte. Ich verstand mich nicht und die Welt nicht und nicht, wie wir funktionieren. Ob es an dem Mantel unter meinem Bett lag, dass ich das Bild nicht loswurde, das offene Auge neben der schwarzen Kappe. Ich habe Tag und Nacht die Tragen mit Toten und Verwundeten durch den Schlamm geschleppt. Zwischen rostigen Drahtverhauen und in aufgerissenen Gräben, die keinen Schutz mehr boten. Ich habe die kostbaren Packungen mit dem letzten Tetanusserum aus Pferdeleichen herausgeholt, die, vor den Sanitätswagen gespannt, von einer Granate zerfetzt worden waren. Ich bin nicht feige und nicht ängstlich. Aber der halbierte Tote von den Gleisen und sein Mantel unter meinem Bett und dass ich ihn genommen hatte, alles verfolgte mich bis in den Schlaf und machte mir Angst. Im Traum sah ich den Mann über die Gleise laufen und auseinanderbrechen, obwohl keine Lokomotive fuhr. Im Fallen hielt sein Arm den Mantel hoch und der zerfiel, als wäre zuvor vergessen worden, ihn in zwei Hälften zu teilen. Ein feiner Duft ging von dem Mantel aus, ein unbekanntes Parfüm aus einer anderen Welt, das sich durchsetzte gegen den Mief aus Tabak und

Schweiß und Drillich und Ruß. Dass das keiner merkte außer mir.

Zwar läuft einem hier ständig einer vor die Füße, aber ich schaffte es, den Mantel unbemerkt unter dem Bett hervorzuholen, und nahm ihn mit zu Adèle. Wohin denn sonst. Ich konnte ihn überhaupt nicht verwenden.

Adèle war über alles im Bilde.

»C'était toi, Max …«, fing sie an und brach mit bedeutsamem Blick ab.

Antoine hatte in der Menge gestanden und mich erkannt und ihr von meiner Arbeit berichtet. Antoine, der sich überall herumtrieb und in keine Schule gehen konnte.

Gleich im Flur warf ich den Stoffpacken auf den Boden und rollte ihn auf, und der schöne lange Mantel lag uns zu Füßen. Sie erfasste nicht sofort, dass es der Mantel des Toten war, aber als sie es begriffen hatte, spielte sich eine Szene von dramatischer Wucht ab. Adèle schrie auf und wich bis zur Tür zurück, griff nach der Klinke in ihrem Rücken, und im ersten Moment schien es, dass sie die Tür aufreißen und hinauslaufen wollte. Mit aufgerissenen Augen fliehen wollte, wovor auch immer. Sie floh vor dem Mantel und nicht vor mir. Mich sah sie gar nicht an, und solch eine Panik in den Augen bekommt wohl niemand angesichts eines kleinen Diebes, der einen Gegenstand gestohlen hat.

Sie fasste sich, drückte sich mit Abstand an dem auf dem Boden ausgebreiteten Mantel vorbei und ließ sich auf den Van-Gogh-Stuhl fallen, als versagten ihr die Beine.

»O non, Max, non«, flüsterte sie, und um sich der schrecklichen Tatsache zu vergewissern, fragend:

»C'est le sien?«

Ja, es war der seine, der Mantel des unbekannten Toten, den ich auf die Bahre gewuchtet hatte und den ich ihr schenken wollte, den Mantel, weil er herrenlos und sehr kostbar war, mitten im Krieg. Doch ehe ich wütend und trotzig werden konnte, zeigte Adèle, dass sich ihr Entsetzen nicht gegen mich richtete, dass es etwas anderes, dass es die blanke Angst war, die sie trieb. Sie winkte mich zu sich heran, ergriff meine Hand und legte sie an meine Wange.

»Pas ça«, sagte sie, »pas le vêtement d'un suicidé. Il porte malheur.«

Und weil sie immer damit rechnen musste, dass ich ihr Französisch nicht verstand, bekräftigte sie langsam und deutlich und mit ihrem liebenswerten dicken Akzent:

»Man muss sterben«, und zeigte mit ihren beiden Händen an ihren Körper: wenn man sie anzieht.

Ohne fließendes Französisch, ohne eine Fülle von Worten, die sie verstand, konnte ich ihr nicht erklären, dass ich den Mantel weit entfernt von dem Toten im

Gebüsch gefunden hatte, dass sie ihn nicht anziehen müsse und dass Aberglaube überhaupt und im Ganzen nichts bringe und unbegründet sei. Aber alles Reden hätte nichts genützt. Adèle war wie verwandelt. Nicht mehr unbekümmert, nicht mehr leichtsinnig, nicht mehr mutig. Sie hatte sich mit diesem fremden Soldaten aus der Armee des Feindes eingelassen, aber vor dem Mantel eines Selbstmörders erstarrte sie in uralter, tief verwurzelter Furcht. Dass die Leute hier fest von einem Selbstmord des Fremden überzeugt waren, bedurfte wohl keiner Bestätigung mehr. Vor dem Krieg hatte ich einmal ein paar Artikelchen über »Liebe und Aberglauben« geschrieben und merkte jetzt, wie läppisch und albern war, was ich mir da zusammengereimt hatte. Was ich hier erlebte, war archaisch, und es lief mir kalt den Rücken hinunter bei der Vorstellung, was einem passieren konnte, wenn man gegen derlei Tabus verstieß.

»O Max«, sagte Adèle und starrte verzweifelt auf den Mantel am Boden vor uns.

Eine steile Falte grub sich über ihrer Nasenwurzel ein, ihre schönen braunen Augen hatten alle Heiterkeit verloren. Ich schüttelte heftig den Kopf und sagte eindringlich und langsam auf Deutsch, dass sie den Mantel nicht anziehen müsse und dass ich ihn wieder mitnehmen wolle, und dachte dabei: wohin nur? Wenn die Kameraden so reagieren wie Adèle, war ich geliefert.

Plötzlich konnte ich mir das bei einigen gut vorstellen. Für den Friseur aus dem Erzgebirge würde ich nicht die Hand ins Feuer legen, und wissenschaftlich gebildet waren die ja alle nicht. Ich selbst neige zur Übertreibung bei Bagatellen, aber das hier war von anderer Dimension. Schon jetzt ist es mir unangenehm, es hier hinzuschreiben, aber ich geriet in den Sog von Adèles Angst. Mein Traum, meine Skrupel – mit Diebstahl hatte das nichts mehr zu tun –, als ich nur noch denken konnte: Er muss weg. Der Krieg macht alles kaputt, da kann es auf den Mantel auch nicht mehr ankommen, und wenn er noch so schön ist. Dass sie in der Krankenbaracke immer Unterlagen brauchen, weiche und feste, fiel mir ein, und dass die sich dort nicht wundern würden, wo die auf einmal herkämen. Ich fragte Adèle mit den Händen nach einer Schere. Sie verstand sofort und zögerte keinen Augenblick, mir eine große, scharfe, ländlich oder werkstattmäßig schwere zu bringen. Ich schreibe es mit gesträubtem Bleistift nieder, wenn es so etwas gibt. Aber ich kniete mich auf den Boden des Flurs, der von der Vordertür zur Hintertür führt, und fing an, den Mantel zu zerschneiden, damit Adèle begriff und glaubte, dass ich einen Fluch, vor dem sie Angst hatte, für sie aus der Welt schaffte. Adèle entspannte sich. Sie blieb aber noch in sicherer Entfernung auf dem Van-Gogh-Stuhl sitzen. Ich fing mit den gedrechselten Knöpfen an, trennte sie ab und legte sie beiseite. Dann nahm ich mir das karierte Futter vor, schnitt daraufhin lange Bahnen aus dem Mantel und halbierte sie. Bei den Ärmeln folgte ich den Nähten und klappte sie dann auf. Obwohl ich sorgfältig arbeitete, nahm ich mich als Person aus dem Spiel und sah mich gleichsam als Abstraktum. Das funktionierte nicht mehr, als beim Abtrennen einer der beiden Taschen ein zerknittertes Foto herausfiel. Es zeigte den Toten in Offiziersuniform, mit vollem Haar, einem angenehmen Gesicht und der schwarzen Binde über dem linken Auge. Ein sogenanntes Bruststück, also ein Porträt bis zur Taille. Adèle bemerkte eher als ich, dass meine Hände heftig zitterten.

»O Max«, sagte sie wieder, stand auf, kniete sich neben mich, nahm meine Hände, küsste sie zärtlich und schien sich gar nicht bewusst zu sein, dass sie jetzt, so wie ich, unmittelbar mit dem Mantel, genauer mit seinen Teilen, in Berührung kam. Sie nahm das Foto in die Hand.

»Un colonel«, stellte sie sachlich fest, und schien jetzt, da sie ihn sah, kein Grauen vor dem Selbstmörder mehr zu haben. Sie kannte ihn nicht. Aus der Gegend war er nicht. Wir standen auf, und ich schichtete die Stoffteile zu einem Bündel übereinander, das ich innen neben die Tür zum Garten legte, nachdem Adèle eine Schnur zum Zusammenbinden aus der Küche gebracht hatte. Die Schnur stammte von der Rolle wie das Stück Bindfaden, das sie für die Apfelscheiben genommen hatte. Ich wusste ja, in welchem Tischkasten sie aufbewahrt wurde. Die Knöpfe schob ich zusammen und hielt sie Adèle in der geöffneten Hand fast ängstlich und auf einen neuen Ausbruch gefasst entgegen. Die Vorsicht war unnötig. Sie zögerte unmerklich, zeigte dann entschlossen auf die Schublade und ließ sie mich hineinwerfen. Das Foto betrachtete sie ernsthaft einen ganze Weile, bevor sie erst sich selbst, dann den Colonel rasch bekreuzigte. Mit einem eisernen Haken hob sie zwei Ringe aus der Herdplatte und warf das Foto ins Feuer. Wir wandten beide den Kopf ab, als es verbrannte. Adèle schob die Eisenringe zurück, atmete tief durch und sah mich an. Ihre Augen waren wieder hell. Die Erde hat sie wieder, dachte ich, und staunte und wollte mir merken, wie es ist, wenn ein Ritual abläuft. Ich fühlte mich erschöpft, als hätte ich Lasten geschleppt, wie ich es kannte, und setzte mich auf den Boden. Angelehnt an den Küchenschrank aus Fichtenholz, den Blick zum Fenster nach dem Garten, zog ich die Beine an. Der Himmel war blass. Den einzigen Farbfleck bot eine kleine Topfpflanze auf dem Fensterbrett mit Dornen an den Blättern und winzigen roten Blüten, deren Namen ich nicht kannte. Mein Zaubernusszweig war wohl verwelkt und weggeworfen.

Adèle verließ die Küche und kam mit der Ziegenfelldecke zurück.

»C'est mieux«, sagte sie, als sie sie mir hinschob und sich dicht neben mir darauf niederließ.

»Il fait froid là-dedans«, fügte sie mit einem Nicken zur Tür hinzu und meinte natürlich den Salon mit dem Teppich und allem.

Beide wussten wir, dass wir keine Lust auf unsere Lust hatten. Fremdheit war es nicht, was uns die Spannung nahm. Wir waren nicht traurig, aber müde und im Innern irgendwie fahl, wie der Himmel draußen. Adèle hatte begonnen, eine Socke auszuziehen, es dann aber gelassen und sie wieder hochgeschoben. Also spielten wir nicht mit unseren nackten Zehen, wie wir es so gut konnten, sondern legten nur hin und wieder die Füße an unseren ausgestreckten Beinen freundlich übereinander.

Meine Hände rochen immer noch nach dem Parfüm des Mantels. Ich sollte sie waschen, bevor Adèle es merkte. Aber ich war zu träge, aufzustehen. Kann es so etwas überhaupt geben wie unser Begehren und unser Glück mitten im mörderischsten Krieg und festgebunden, festgenagelt an den beiden feindlichen Seiten? Vielleicht in so einem Krieg wie dem Dreißigjährigen, wenn ein versprengter Soldat in ein abgelegenes, tief verschneites Gehöft gerät und ein Mann und eine Frau finden und lieben sich, und die Welt bleibt draußen für immer. Dann kann es das geben. Aber nicht für uns. Uns gibt es eigentlich nicht.

»Max, tu rêves«, sagte Adèle und bewegte ihren Zeigefinger vor meinen Augen hin und her.

»Du heißt auch Emma?«, fragte ich, weil gerade das mir plötzlich eingefallen war.

Sie reagierte gelassen und schien nicht überrascht.

»Oui«, sagte sie, »c'est le nom de ma mère, et elle m'appelle ainsi, comme mon mari ...«

Dann stockte sie und fuhr fort:

»... je veux dire mon père, et aussi Germaine et Berthe ...«, und schien in einer Art Singsang verschiedene Namen aufzuzählen, die sie auch trug oder mit denen sie gerufen wurde, und ich hätte nicht beschwören können, ob sie zwischendurch »mon mari« gesagt oder ob ich mir das in dem Fluss wohlklingender französischer Wörter nur eingebildet hatte.

Sie stand auf, entschlossen und rasch, und brachte zwei Tonbecher mit dunklem rotem Wein. Der war wohl in der Speisekammer versteckt gewesen. Mir wurde warm, und ich fuhr langsam und entspannt mit den Blicken an den Wänden und Gegenständen der Küche entlang, als wollte ich sie mir für immer einprägen. An dem Kachelfries mit den Blumen, an den Pfannen über dem Herd, an dem Tisch mit der großen alten Holzplatte. Wenn ich in letzter Zeit Heimweh hatte, auf den Zugfahrten in der Kälte oder auf meinem Strohsack im Quartier, war es nicht nach zu Hause in Sachsen gewesen, sondern nach diesem Haus und Adèles Küche und dem geflochtenen Van-Gogh-Stuhl im Flur mit den Körben. Dann wagte ich es und fragte, was mit dem Bild sei, und hatte sogar die Courage, nicht nur »tableau« zu sagen, sondern »mit dem Pissarro«, damit es ganz konkret war und sie wusste, dass es sich auch für mich um etwas Großes, Bedeutendes handelte. Sie winkte ab.

»Pas aujourd'hui, Max«, sagte sie.

Sie sagte längst nur noch Max, als wäre Maximilien zu groß für mich. Stimmt ja.

Ich musste gehen. An der Tür zeigte sie auf den Stoffpacken und sagte leise:

»Excuse-moi. Tu voulais l'utiliser.«

Ich schüttelte den Kopf und wehrte ab:

»Ich konnte ihn niemals benutzen. Ich bin hier nur in Uniform, nur in Uniform.«

Ich sagte es zwei- oder auch dreimal und fuhr mit beiden Händen an mir entlang. Die Uniform, das war ich. Wir küssten uns lange. Als ich den Packen in der Hand hatte und ihn ein bisschen hin und her schwenkte, wagte ich ein kleines Lachen und sagte:

»Nun sind wir nicht seine Nachfolger und müssen nicht sterben. Alle beide nicht.«

Sie lachte vorsichtig mit, erleichtert. Ich weiß aber nicht, ob sie mich genau verstanden hatte.

23. Februar 1917

Keinen Wimpernschlag lang sollte man vergessen, dass der Soldat nicht Herr seiner Zeit ist, nicht Herr seiner selbst, Herr von gar nichts. Und mit keinem Zucken der Augenbraue sollte man zeigen, dass man dagegen aufbegehren möchte. Vielleicht ist es doch der Fluch des Mantels, dass ich seit Wochen hier bin und jetzt auf einem umgestürzten Zinkeimer in einer Art Besenkammer sitze und auf den Knien aufschreibe, was ich festhalten will, trotz allem. Es ist Nacht, und ich brauchte eigentlich meinen Schlaf für den kraftzehrenden Dauerjammer den ganzen langen Tag. Direkt hatte es natürlich nicht mit dem Mantel zu tun, als sie mich im Morgengrauen weckten. Aber wenn sie ihn unversehrt in seiner ganzen Kostbarkeit unter meinem Bett gefunden hätten, als ich weg war, hätte das mir ziemlich viel Ärger eingebracht. Am Ende hat mich doch Adèles Aberglaube gerettet, und die festen und weichen Stoffstücke sind hier schon fast aufgebraucht.

Neben dem Horror vor Kugeln, Bajonetten und Granaten hat man im Krieg die hilflose Angst vor den Seuchen. Vorfrühling heißt das, wenn die eisige Kälte nachlässt auch hier, und schon sind sie da, lautlos und widerlich, Fleckfieber, Typhus oder Ruhr, und es gibt nur eine Hoffnung, dass es sich nicht wirklich um sie handelt, sondern um harmlosere Diarrhöe, die nicht so schnell tödlich, aber trotz ihres klingenden Namens widerwärtig, schwächend, sich in die Gedärme krallend und infernalisch stinkend ist.

»Pfleger, Pfleger«, heißt es dann mit dünner Stimme auch bei den Medaillen-, Orden- und Litzenträgern, die sonst gern einmal auf die unbewaffneten Sanitäter herabsehen.

Sie haben in aller Eile Feldbetten und sogar eiserne Bettgestelle herangeschafft und sie in die kleine Schule gestellt, weil die Krankenbaracke nicht reichte für die vielen, die es erwischt hat. Franzosen aus dem Ort sind auch dabei, der Kutscher zum Beispiel, der die Kohlen fuhr, und eine Frau aus dem Casino. Und vielleicht haben die es sogar eingeschleppt. Ich und die anderen Sanitäter und Krankenträger waren gleich dran. Aber einen, der humpelt, weil ihm ein Pferd den Unterschenkel zerschmettert hatte, haben sie auch verpflichtet. Waffentragende nicht, das deutet auf baldigen Quartierwechsel hin. Der mit dem Bein, ein Bergwerkskumpel aus dem Oelsnitzer Steinkohlenbergbau, an solche Arbeit nicht gewöhnt, sagt immer: »Lieber Schützengraben mit der Knarre oder unter Tage schuften als das hier.« So ist das.

Die Schule liegt am Ortsrand, leicht erhöht, dahinter ein kleiner Sportplatz und Gärten. Sie konnte also gut abgesperrt und zur Quarantäne erklärt werden. Vor die Tür haben sie gleich eine Wache gestellt. Die muss nun draußen frieren, denn zum Aufwärmen darf sie nicht herein, wegen der Ansteckungsgefahr.

»Wie ich sehe, haben Sie Typhus gehabt«, hatte der Feldunterarzt mit einem kleinen Blatt in der Hand erfreut gesagt, »da ist anzunehmen, dass Sie nicht ausfallen.«

Und er hatte mich gleich zum Aufwischen und Nachputzen mit Sublinat und Karbol in eine besonders schlimme Ecke geschickt. Der Abort einer kleinen Schule ist so einem Ansturm nicht gewachsen. Die Gruben ein Stück vom Haus entfernt gruben andere Kameraden. Aber die Eimer und die Kübel mit Chlorkalk, zwischen zwei Tragestangen gehängt, schleppten wir hin, und mit Pflege hatte das eigentlich nichts zu tun. Wegräumen, sich um die Reste kümmern, die dieser Krieg von uns übrig lässt, das ist ja jetzt mein Beruf. Wann hört das bloß auf? Februar 1917, mehr als zweieinhalb Jahre Krieg, das sollte doch reichen.

Wie vom Himmel gefallen tauchten gestern drei Nonnen hier auf. Sie schlafen in der ehemaligen Lehrerwohnung und sollen sich wohl um die Franzosen kümmern, vor allem um die Frauen. Sie lächeln immer, auch uns lächeln sie an, und wenn wir uns gegenseitig die schmutzigen Eimer reichen oder die Desinfektionsmittel in die Hand geben, atmen wir gemeinsam tief aus, rümpfen die Nasen und sagen »Uff«, und es ist für einen Augenblick ein ungeheuer gutes Gefühl, wie Kindheit. Den Nonnen gegenüber sind die jungen Ärzte sehr höflich und meistens befangen. Uns gegenüber verhalten sie sich unterschiedlich. Manche betonen selbst hier in der Hölle aus Kot und Gestank den Abstand und reden, wenn man mit dem Unterschieber in der Hand neben ihnen steht, mit ihrem Latein über einen hinweg wie über einen Unsichtbaren. Die Karikaturen im Simplicissimus sind da noch geschmeichelt. Und dann gibt es so einen wie den Oberstabsarzt aus der Oberlausitz. Der sagte zu mir: »Pfleger, Dresden ist doch ganz in der Nähe von mir. Nach dem Krieg besuchen Sie mich. Ich habe einen wunderbaren Garten.« Dem möchte man gleich ein Denkmal errichten.

Das Schlimmste ist: Ich bin hier eingesperrt und kann Adèle nicht einmal eine Nachricht zukommen lassen. Was mir klar geworden ist, ich kenne nicht einmal ihren Nachnamen. Es ist unglaublich. Aber wozu wäre es denn gut gewesen, ihn zu kennen? Manchmal habe ich schreckliche Angst, dass sie hier eingeliefert werden könnte, krank. Aber die meiste Zeit rotieren meine Gedanken darum, wie ich ihr mitteilen kann, dass ich hier festsitze. Und dann das mit dem »mari«. »Mon mari«, heißt »mein Mann«, »mein Ehemann«. Und was bedeutet es, wenn sie es gesagt hätte? Ist sie verheiratet, war sie verheiratet, ist der Zahnarzt ihr Mann, wo ist er? Ist er ein alter Mann, der ihr Vater sein könnte? Oder hat sie es gar nicht gesagt, überhaupt nicht?

24. Februar 1917

Ich war so müde, dass mir der Kopf vornüber gefallen ist und ich fast mit dem Zinkeimer umgekippt bin und einfach schlafen musste.

Heute kam ein Neuer. Keine Ahnung von Pflege, aber weil er Typhus gehabt haben soll und immun sei, musste er auch antreten. Und er hatte etwas zu erzählen, wovon wir in unserer Isolierung nichts erfahren hätten. Gestern sei ein großer Leiterwagen, wie er bei der Heuernte verwendet wird, gezogen von einem Pferd, am Friedhof vorgefahren. Auf dem Kutschbock ein alter Mann und daneben eine Dame in Schwarz. Eine sehr feine Dame und in tiefem Schwarz. Und auf der Fläche des Wagens ein Sarg, auch schwarz und aus edlerem Holz als die, die in unserer Schreinerei gezimmert werden. Der Divisionsgeistliche sei auch aufgetaucht und habe die Dame zum Friedhof geleitet. Einen Pelz habe die getragen, Persianer bodenlang, und eine Pelzkappe auf dem Kopf, Schleier natürlich. Und dann habe man den Toten von voriger Woche wieder ausgegraben. Die Dame habe die ganze Zeit entfernt vom Grab neben dem Geistlichen gestanden, und nur als der Sarg oben war und geöffnet wurde, einen Blick hineingeworfen, genickt und sich dann an den Geistlichen gelehnt. Aber nur kurz. Dann sei sie mit energischen Schritten zum Leiterwagen zurückgegangen. Es habe dann noch eine

Debatte gegeben zwischen unseren Offizieren und der Dame, ob man ihn in dem Sarg von uns lassen oder hier vor aller Augen noch mal umbetten solle. Aber dann habe glücklicherweise der Brettersarg in den großen, edlen, der wohl schon für solche Fälle gedacht war, von wegen Gruft, gepasst. So ein Aufwand für einen Toten bei den vielen Leichen hier. Aber wir sind ja in der Etappe, da ist es etwas anderes, schloss der Kamerad. Man wisse jetzt auch, dass es ein hoher Offizier gewesen sei, fügte er noch hinzu, aber von weiter entfernt. Der alte Mann auf dem Kutschbock habe das erzählt. Das alles wusste ich auch. Und ich fragte mich nur, ob sie, die Schwester oder Witwe oder Mutter, nach dem Mantel gefragt hatte. Aber ich und die Stoffunterlagen in unserer Quarantänestation sind ja nun erst mal von der Bildfläche verschwunden.

Der neue Hilfspfleger sagte noch etwas anderes, was uns betrifft und mich sehr beunruhigt. Es sei sehr viel Bewegung da draußen, von der wir hier nichts mitbekommen. Lastwagen mit Planen fahren hin und her, kommen schlammbedeckt zurück. Abteilungen von Feldgrauen sieht man im Laufschritt, Züge rangieren auf den Schienen. Das sieht nach Aufbruch, nach Quartierwechsel aus. Wann, in welche Richtung? Es wird Frühling, und ich werde noch verrückt, wenn ich keinen Kontakt mit Adèle aufnehmen kann.

26. Februar 1917

Jetzt ist es passiert, und es sieht ganz so aus, als wäre alles gut gegangen. Kein Arrest wegen Insubordination, wegen Befehlsübertretung oder Gefährdung der Truppe und das ganze Zeug. Ich bin einfach nicht erwischt worden und hab es riskiert, in der vergangenen Nacht, weil ich es so nicht stehen lassen konnte, dass ich einfach verschwunden war. Noch dazu nach der Sache mit dem Mantel. Papier habe ich aus dem Bestellbuch für Medikamente gerissen und eine Zeichnung gemacht: École = hôpital, und mich neben ein Bett gestellt mit der Unterschrift »infirmier«, was wichtig ist, damit sie nicht annehmen muss, ich sei erkrankt. »Isolation« und »danger d'infection« dazu geschrieben, was sie bei dem Funktionieren der Buschtrommel hier im Ort wahrscheinlich alles wusste. Aber ich als isolierter Pfleger, das sollte sie wissen. Und den anderen Satz, den wichtigsten. »Je t'aime« schrieb ich quer darüber, und ich weiß gar nicht, ob wir es uns so jemals gesagt haben. Ich zeichnete und schrieb das alles wie jetzt in dieser Besenkammer und mit der kleinen Petroleumlampe neben mir, die wir für die Nachtwachen nehmen. Ich hatte so lange nicht mehr gezeichnet, und für die wenigen Minuten, in denen ich den Stift bewegte, wurde mir wohl. Es war ganz einfach, aus dem Fenster zu steigen, aber in der Richtung zur Hauptstraße hätte ich mich fast geirrt. Nachts sieht alles anders aus, und ich musste mich ja beeilen. Das Haus lag still und dunkel, als ich das Blatt unter der Hintertür hindurchschob. Ich strich einmal kurz über die Bank, und am liebsten hätte ich mich im Pavillon versteckt bis zum Morgen. Aber das wäre ja Desertion gewesen.

27. Februar 1917

Wenn man glücklich sein kann in einer Isolierstation mit Diarrhoe-Kranken in einer französischen Volksschule, dann bin ich es. Denn erstens haben sie herausgefunden, dass wir hier keine Dysenterie, also keine Ruhr, auch keinen Typhus, sondern nur eine harmlose, wenn auch schreckliche Diarrhoeepidemie haben, und zweitens hat Adèle meinen Brief bekommen.

»Schau mal, es gibt auch noch was Schönes«, hatte ein Kamerad zu mir gesagt und in die Gärten neben dem Schulsportplatz gezeigt. Dort spazierte Adèle. Spazieren ist nicht das richtige Wort. In sicherer Entfernung vom Schulhaus und von der Wache, die noch nicht abgezogen worden war, machte sie sich zu schaffen. Ab und zu sah sie wie beiläufig zu uns herüber. Sie trug einen Korb am Arm und schien mit einer Harke im Boden zu stochern oder etwas aufzusammeln oder in die Erde zu stecken. Vorfrühlingsarbeit. Sie trug die rote Jacke vom ersten Tag, den langen Bauernrock, die Männerschuhe und das braune Haar offen. Ich konnte nicht hinauslaufen. Aber ich stand lange am Fenster, und ich glaube fest, dass sie mich gesehen hat. »À demain«, dachte ich.

28. Februar 1917

Mit dem »demain« war natürlich nichts, denn dass uns noch der Brand passieren musste, bevor die Station aufgelöst werden konnte, passt zu meinem Abonnement auf Wechselbäder und seelische Berg- und Talfahrten. Wie eine Zackenlinie oder Fieberkurve sehe ich die Tage vor mir, wenn ich sie graphisch umsetzen sollte. Adèle mit der roten Jacke im Garten hinter der Schule und Hoffnung und Freude wie Stichflammen im Herzen, und ein paar Stunden später in der Dämmerung erst der brenzlige Geruch und erstickend heißer Qualm, dann echte Flammen, die aus dem Abstellraum neben dem großen Schulzimmer kamen, wo sie die tintenbekleckssten kleinen Pulte und Bänke zusammengeschoben hatten, was dann auch das Löschen erschwerte. Zum Glück hatten sie auch einen Feuerwehrwagen im Ort, die Kameraden setzten sich voll ein, und der Brand war schnell eingedämmt. Vorher hatten wir Betten zusammengeschoben. Sie durch die engen

Türen zu bugsieren, mussten wir aufgeben, und so führten wir die Kranken mit umgelegten Decken zur Baracke. Schulhefte flatterten aus einem Schrank und ausgestopfte Tiere, Vögel, ein schöner rotbrauner Fuchs und eine Art Iltis oder Marder waren angekohlt und stanken verbrannt. Ursache waren zusammengerollte Landkarten, angelehnt an ein durch den Nebenraum führendes, völlig überhitztes Ofenrohr, die Feuer gefangen hatten. Es hatte keine Neuinfizierten gegeben, und die Station wurde aufgelöst. Schlimm sah die Wohnung des Lehrers aus. Die Nonnen bestiegen einen Lastwagen und fuhren weg. Und kein Atemholen im Quartier. Feldmarschmäßig packen heißt es plötzlich. Die anderen hatten dafür mehr Zeit. Stahlhelm, Pistole, Gasmaske, die nicht geprüft ist, und alles. Und wie verstaue ich meine Hefte? Womit fange ich an?

Hier hören die sauber, in geraden Linien geschriebenen Aufzeichnungen auf. Ich muss mir zusammensuchen, was er weiter geschrieben hat, mal auf halben Seiten, ein oder zwei Blätter überspringend, dass man denkt, es kommt nichts mehr, bis es nach ineinander verklebten Seiten weitergeht. Schräg oder sogar auf den Kopf gestellt, vom Ende des Heftes her neu beginnend. Alles deutet auf große Hast, auf unebene Unterlagen, aber auch auf den eisernen Willen zu schreiben, festzuhalten, was er ist, unverwechselbar er und sein Erleben in dem unentrinnbaren Sog des

Massenschicksals, dem er sich wieder fügen muss. Schwer zu entziffern die Wörter in der alten deutschen Schrift, wenn die Endungen in langen Strichen enden, wie ausgezogen oder ausgerutscht, als habe das Fahrzeug, in dem er sein Heft auf den Knien hält, gebremst, geholpert oder sei in Schlaglöcher geraten.

Am Bahnhof sollten wir uns einfinden, fange ich an und stelle dann einen roten Faden her: Ich hatte eine halbe Stunde, und ich musste noch einmal zu ihr. Ich musste, und wenn sie mich danach einsperrten. Vielleicht bin ich ohnehin tot, morgen oder übermorgen oder schon heute Nacht. Ich stellte das Marschgepäck und die Sanitätstasche auf das Bett. Pistole und Gasmaske hatte ich bei mir.

»Du bist verrückt«, sagte Bruno.

Aber ich hatte keine Zeit, etwas zu erklären.

»Ich schaff das schon«, rief ich ihm zu und rannte los, und die Gasmaske störte wie immer an ihrem zu schlaffen Band beim Laufen, aber sie sah wichtig aus. Da hielt einen keiner so schnell an. Im Ort keine Leere, keine Stille mehr. Ein großes Durcheinander auf einmal von Soldaten und Leuten. Ich schwitzte und meinte, ich hätte Blei in den Füßen. Am Haus rührte sich nichts. Keine Bewegung hinter den Fenstern. Im Garten: nichts. Ich hämmerte an die Tür: nichts. Es würgte mich im Hals, aber ich rief laut, und jeder hätte mich hören können. Egal waren mir Gefahr oder Verbot, egal! Nichts rührte sich, verzweifelt rüttelte ich an der Klinke. Sie rutschte mir aus der Hand. Die Tür war offen. Warum das? Ich stürzte hinein und hatte für einen Moment die schreckliche Angst, Adèle irgendwo im Haus liegen zu sehen, hilflos, zusammengeschlagen, ohnmächtig, tot. Ich riss die Tür zum Salon auf, zum Behandlungszimmer, zur Küche, und rief, schrie: »Adèle, ich bin's, Max! Bist du hier?« Es blieb still. Vielleicht war sie nur kurz weggegangen, zu Tante Eugénie, zu Marcel, und ich machte mich lächerlich mit meiner Angst. Aber warum war die Tür offen? Und ich musste weg. Ich sprang fast die Treppe hinauf und hatte wieder Angst vor dem Öffnen der Tür zum Zimmer mit dem großen Bett. Auch das war leer. Aber vom Bett waren die Decken abgezogen, warme Decken, die man braucht, wenn man unterwegs ist im Winter oder im nasskalten Vorfrühling. Hatten sie das Haus und den Ort in aller Eile verlassen wie wir? Ich stand und lauschte. Von draußen waren die Geräusche vieler Bewegungen zu hören. Wagenräder, auch Pferde und marschierende Soldaten, unsere. Ich sah mich um, nahm das kleine Messer mit dem Porzellangriff und schnitt, nein haute in das helle weiche Holz des Wandschranks ein M. M, das war ich, Max. Maximilien war hier, bevor er wieder aufs Schlachtfeld zog, aufs Schlachtfeld gefahren wurde. Ich hatte kein Gefühl dafür, wie viel

Zeit vergangen war, seit ich aus dem Quartier weggerannt war. Ich musste los. Ich legte das Messer zurück und blickte noch einmal auf den Leuchter auf dem Bord, auf das Tintenfässchen aus Porzellan und auf die daumengroße Vase und nahm sie, ohne zu überlegen, steckte sie in die Hosentasche tief hinein und sauste los. Mit weichen Knien zurück zum Quartier und zum Bahnhof, und ich schaffte es rechtzeitig.

Wir stiegen gar nicht in den Zug, sondern auf diesen Lastwagen hier, und wissen noch nicht, in welche Richtung wir fahren. Nach Westen? Nach Osten? Das heißt zurück? Vielleicht kommen wir auch wieder hierher. Dann gebe ich Adèle die kleine Vase aus Rouen zurück. Jetzt halte ich sie erst einmal ganz fest.

Hier brechen die Aufzeichnungen aus Frankreich ab, um erst im September 1917, Tausende von Kilometern entfernt, am Dnjepr, wieder aufgenommen zu werden. Ob Hefte verloren gegangen sind? Ob er nicht schreiben konnte in dieser Zeit? Er wird eine ganze Weile gebraucht haben, bis er begriff, dass alles vorbei war, dass er Adèle verloren hatte. Oder brauchte er überhaupt keine Weile, weil er wieder in das Grauen eintauchte, als eine zur Nummer gewordene lehmgelbe Masse? Seine Feldpostadresse zeigt weiterhin die Sanitätskompanie an, und es muss wieder losgegangen sein mit dem Laufen im Trommelfeuer, beladen mit den Tragen und den Verwundeten durch Laufgräben und im Schneematsch bis an die Knie, wieder losgegangen mit der Hoffnung und der Hoffnungslosigkeit auf den Verbandsplätzen und mit dem Rennen ums eigene Leben. Es gab keinen Raum und keine Zeit mehr für das Atemholen und das Lieben. Ich machte mich kundig und las: Im Vorfrühling 1917 fand die gescheiterte »Wahnsinnsoffensive« des französischen Generals Nivelle in Nordfrankreich statt, und die deutsche Heeresleitung organisierte die »Frontbegradigung«, das heißt, den strategischen Rückzug bis zur sogenannten Siegfriedstellung, die von Arras über St. Quentin bis Soissons führte. Im geräumten Gebiet hinterließ das deutsche Heer, was man »verbrannte Erde« nennt. Die Zivilbevölkerung wurde zwangsevakuiert, und Häuser, alles, sogar Bäume und Brunnen wurden brutal zerstört.

Ich hoffte, dass der winterliche Ruheort meines Vaters nicht zu diesem Bereich gehörte. Wo das Quartier in der Etappe sich befunden hatte, bleibt für immer ungewiss. Ich konnte ihn nicht mehr fragen. Er nennt Rethel an der Aisne, aber ob sie dort oder in einem kleinen Ort in der Nähe oder auch weiter entfernt ihr Lager aufgeschlagen hatten, ist nicht zu erschließen. Es sieht so aus, als wären die Soldaten gehalten gewesen, beim Schreiben genauere Ortsangaben zu vermeiden. Sie wussten wohl selbst nie ganz sicher, wo sie sich befanden, und wozu und in welchem Planspiel wussten sie ohnehin nicht.

Ich erinnere mich an einen Waldspaziergang mit meinem Mann und meinen betagten Eltern in den sechziger Jahren. Ich kannte meinen Vater als ruhig und sehr langmütig und hatte ihn nie aufbrausend erlebt. Mein Mann, zeitgeschichtlich versiert und an einem Film arbeitend, wollte über größere Zusammenhänge im Ersten Weltkrieg mit ihm sprechen. Sie gerieten in einen kleinen Wortwechsel, weil mein Vater eine Frage als »Zeitzeuge« nicht beantworten konnte. Und dann brach es aus ihm heraus.

»Du weißt gar nichts«, schrie er, »du verstehst gar nichts, wenn du im Graben liegst und nicht weißt, ob du Fleisch oder schon Lehm bist und irgendwer weit entfernt an einem Messtischblatt gerade irgendetwas über dich beschließt und anschließend gut essen geht.«

Er stolperte über eine Wurzel, taumelte und fiel und hatte sich schmerzhaft den Fuß verstaucht und schwieg den restlichen Tag. Das war ein halbes Jahrhundert nach der Schlacht an der Somme.

An die erinnert im März 1917 noch ein Gedicht, verfasst schon im Winter 1916 und ins Reine geschrieben in Blâmont, einem Ort, den ich auf der Karte in der Nähe von Nancy fand. Ein Kriegsgedicht von berstendem Stahl und vom Stöhnen im blutigen Brei. Ein Ringen um Worte für das »Lied vom großen Sterben«, nicht anders und nicht schlechter als vieles in den Anthologien expressionistischer Lyrik.

März 1917: In Russland hat die Februarrevolution stattgefunden. Trotz Kriegsmüdigkeit der Soldaten auf beiden Seiten gehen die Kämpfe im Westen weiter. Die USA treten am 4. April 1917 auf Seiten der Alliierten in den Krieg ein.

Im September 1917 ist mein Vater Pfleger im Lazarett in Orscha am Dnjepr, zirka tausend Kilometer von Berlin und noch einmal tausend Kilometer vom Norden Frankreichs entfernt. Man macht sich Gedanken über diese Entfernungen zur Zeit der Eisenbahnen und über das sinnlose hin und her Transportiertwerden zum Zwecke des Sterbens.

Er schreibt wieder Tagebuch, eher Notizen und Stichworte in unregelmäßiger Folge. Im August war er im Urlaub in Dresden und Berlin und muss wohl vorher schon in Russland gewesen sein, denn es heißt einmal: wieder. Die Erinnerung an den Urlaub bedeutet Wehmut und das fassungslose Staunen, dass es noch Normalität gibt, und die Erkenntnis, dass man sich nicht zu sehr auf sie einlassen darf, damit man es aushält, sie wieder zu verlieren. Aber dann ein Satz, der unvermittelt kommt und auf den ich mich stürzte:

Fahre nach Meißen zur Zeit des Mostes, heißt es da als Zitat, und weiter, fast übermütig: *Warum denn nur zur Zeit des Mostes!*

Und ich fand den Faden wieder, nach dem ich gesucht

hatte. Meißen mit seinen romantischen Gässchen, die sich bergan zur Burg hochzogen, bedeutet nicht nur Mittelalter und jungen Wein, sondern vor allem Porzellan. Und ich stellte mir vor, dass er mit seinem Väschen aus Rouen zu den Leuten von der Manufaktur gefahren ist, um etwas darüber zu erfahren. Das daumengroße Väschen mit den Fingern umfassend, geborgen in der Hosentasche, so wie man einen Gegenstand festhält und bewahrt von jemandem, den man liebt. Und ich habe mich gefragt, wie hat er es aufbewahrt, wo und wie? Bei einer der vielen Schwestern? Bei der Mutter? Bei einem Freund? Irgendwo in Dresden, sodass es unversehrt geblieben ist bis heute.

In Orscha holt ihn das »Aufräumen« des Krieges wieder ein. Er arbeitet als Pfleger im Lazarett. Zuerst gibt es noch Verwundete und Operationen. Seit der russischen Revolution und dem Waffenstillstand zwischen Russland und den Mittelmächten kommen keine neuen im Kampf Verwundeten mehr, aber Kranke. Im Barackenlager an der Grenzübergangsstelle gibt es zunehmend Scharen vor allem deutschstämmiger Rückwanderer, deren Vorfahren von Katharina der Großen ins Land geholt worden waren. Das ist eine andere Etappenruhe als in der Champagne. Das vierte Kriegsweihnachten ist ein anderes als sein besonderes 1916. Einmal muss er in Minsk gewesen sein und spricht von den malachitgrünen Zwiebeltürmen und den goldenen Kreuzen mit schrägem Balken und von bernsteingelbem Tee aus einem riesengroßen Samowar. An der

Bahnstrecke sieht er Birken, Sümpfe, Wollgras, Heide und Moosbeeren. Das belebt und interessiert ihn. Der Grundton aber ist Elend, Depression und Sehnsucht.

Weihnachten 1917

Es herrscht Eiseskälte und schneidender Wind. Im Lager sitzen sie auf den Bettkanten und spielen auf der Zither und dem Schifferklavier Weihnachtslieder. Von hinten sah ich ein Mädchen mit braunem Haar, roter Jacke und Männerschuhen an den kleinen Füßen. Ich musste hinauslaufen. Aber der Himmel war viel zu hoch und zu weit, um einen Gruß hinaufzuschicken. Und wohin denn?

Januar 1918

Wir bekommen als Seuchenzulage viel Schnaps, und ich habe ihn nach Berlin geschickt zu Fräulein Schröder, die meine Zeichnungen als Postkarten hat drucken lassen und viele davon verkauft. Diese würde Bruno wohl nicht als subversiv bezeichnen! Aber Fräulein Schröder war etwas verwundert und schrieb, die Landschaft sei sehr interessant, Birken und das zusammenbrechende Fuhrwerk mit Panjepferdchen auch.

Aber das Haus sähe eigentlich nicht russisch aus, so ein Schornstein und der Schnitt der Fenster erinnere doch mehr an Frankreich. So ist das eben. Aber sie hat sie drucken lassen.

Ich schaffe es immer weniger, die Wirklichkeit zu vergessen. Nicht durch Zeichnen, nicht durch Denken. Wir haben Fleckfieber hier und Hungerödeme bei den Menschen, die durchkommen, und niemandem will ich von der Verrohung schreiben, von den zotigen Witzen, den Diebstählen, sogar von Kommissbrot und Petroleum, und von dem Dreck. Wenn wir die Menge an Salvarsan hätten, die uns in Frankreich gestohlen wurde, wären wir froh. Für die Kameraden, die hier liegen, habe ich an zwei Liebesgabenstellen in Dresden und Köln geschrieben und um Lesestoff gebeten, und hoffe, dass sie ankommen. Erst die Briefe in die Heimat, dann die Bücher hierher. Meine Einsamkeit ist unbeschreiblich, und wenn ich mich vorm Kartenspiel drücke und eine halbe Zigarre eingetauscht habe und sie in einer Ecke voller Genuss oder eher Gier in sparsamen Zügen rauche, träume ich nicht von der Heimat, sondern von einer Küche mit einem blumigen Kachelfries und einem Van-Gogh-Stuhl in einem lang gestreckten Flur und von ihr. Ich habe einmal gelesen, vor Jahrhunderten muss das gewesen sein, als ich noch die Reclamhefte um mich auftürmen konnte mit all der Philosophie und Psychologie und den vielen Weisheiten, da also habe ich gelesen, Liebe sei vor allem und eigentlich nur Kristallisation. Wenn sie das nur wäre, dann fehlte mir ja nichts. Oder war das anders gemeint, und den Gegenstand der Liebe müsste man schon vor sich haben und nicht Tausende von Kilometern entfernt. Und vor allem am Leben.

Ende Januar 1918 wird er mit hundert anderen aus der Sanitätskompanie kriegsverwendungsfähig geschrieben für die Infanterie und für den erneuten Einsatz an der zweitausend Kilometer entfernten Westfront vorgesehen. Aus den Seuchenbaracken Weißrusslands zurück auf die Schlachtfelder? Es ist ein Schock, die Erinnerung an die Tage des Glücks mit einem Schlag wie ausgelöscht und nur noch die Rede vom »grauenhaften Westen«.

31. Januar 1918

Ich muss meine Bücher zusammenpacken und sie und alle Privatsachen nach Hause schicken. Im Tornister wird nur noch Platz sein für das Nötigste und die Munition. Alles soll leer sein, im Hirn nur Platz für Vernichtungswillen. Und man wird alles über sich ergehen lassen müssen, ohne ein Wort des Unmuts zu wagen. Es bleibt nur die Hoffnung, dass dieses entseelende Treiben, dass dieser verfluchte Krieg bald zu Ende ist.

Der dauerte bekanntlich noch zehn Monate, und mein Vater hatte das unerwartete Glück, doch nicht nach Westen zur kämpfenden Truppe verlegt zu werden. Vielleicht war es der harte Pflegedienst in wochenlanger Quarantäne in Seuchenbaracken, der ihm das Leben rettete und am Ende dazu führte, dass es mich geben konnte.

Schließlich ist er doch zu Hause. Wie viele entwurzelte Heimkehrer sucht er eine Arbeit und sucht – nicht nach Adèle, aber nach einem Zeichen von ihr, nach einem Wunder, und hat die irrwitzige Hoffnung, ein Stück von einem Traum wiederzufinden:

Mai 1920

Vielleicht bin ich verrückt. Aber ich habe mein altes Heft herausgeholt, das Bruno mir besorgt hatte, denn ich habe ihn wiedergefunden und werde ihn sehen. Ich bin ganz fiebrig und weiß gar nicht, warum und kann mir eine Fahrt nach Berlin eigentlich nicht leisten. Es war schwer, eine Arbeit zu finden, aber jetzt leite ich das Versuchslabor einer Plastillinfirma und entwerfe Modelle für die Spielvorlagen. Nach dem Krieg habe ich nichts mehr geschrieben. Es gibt so viele, die sind besser als ich, origineller und mutiger. Man sollte den Krieg langsam aus den Knochen kriegen und aus der Seele. Wenn es nur ginge. Aber ich male, und mein Chef hat

Verständnis dafür, auch dafür, dass ich hin und wieder frei nehme. Er ist kunstbegeistert, seine Freundin ist Tänzerin und holt ihn manchmal ab. Ausdruckstanz macht man heute wie die Wigman. Sie heißt Gret, nicht etwa Greta. Mit den Mädchen ist seit Adèle alles viel leichter. Man könnte beinahe sagen, ich ziehe sie an. Binden kann ich mich nicht. In unserem Zeichenkurs war ein Aushang: Bruno ist in Berlin und hat eine Ausstellung gemacht. Die Adresse habe ich herausgefunden und ihm geschrieben. Ich fahre hin.

Juli 1920

Das letzte Mal war ich im Herbst 1917 in Berlin. Auf der Durchfahrt nach Russland. In Feldgrau. Jetzt sitzen sie Unter den Linden auf Gartenstühlen und am Potsdamer Platz unter Markisen vor der Konditorei. Bruno hat eine Dachwohnung an der Jannowitzbrücke. Man kann es auch Atelier nennen.

»Was macht die Dresdner Bohème?«, fragte er schon an der Tür, und sofort war alle Befangenheit wie weggeblasen.

Aber von der konnte ich auch diesmal nicht viel erzählen. Eigentlich gar nichts. Bruno war noch lange bei der kämpfenden Truppe im Westen gewesen und wurde dann schwer verwundet.

»Da hätte ich dich gebrauchen können zum Abtransportieren«, und er lachte dabei.

»Es dauerte ziemlich lange, und beinahe bin ich verblutet. Die echten Helden waren sowieso solche wie ihr. Immer versucht zu retten, was noch zu retten war, fürs Leben. Was haben wir für ein Glück gehabt.«

Er sah älter aus, als man nach den Jahren, die ich ihn nicht gesehen hatte, erwarten konnte. Tiefe Falten eingegraben, aber immer noch das schöne volle Haar. Sah schon aus wie ein Künstler. Mit den kraftvollen, entschiedenen Bewegungen, die einen Bildhauer in ihm vermuten ließen, stellte er Brot, Schmalz und Äpfel auf den Tisch. Er kochte auf einem Spirituskocher Kaffee und hatte natürlich selbstgetöpferte Becher.

»Den Kapp haben wir ja geknackt, geschafft«, sagte er, »von wegen Putsch und alles zurückdrehen. Aber wer weiß, was alles noch kommt.«

Ich muss wohl etwas ziemlich Dümmliches gesagt haben, so idealistische Gemeinplätze wie »das Recht wird siegen« oder in der Art, denn er lachte spöttisch und ein wenig verächtlich.

»Ach, Junge«, sagte er, »immer noch der reine Tor, wie ich sehe.« Aber er musste doch etwas loswerden. »Mit dem Mädchen dort, da wusstest du schon, wo's lang geht.«

Er grinste.

So konnte ich das nicht stehen lassen und fing an zu

erzählen und hörte nicht wieder auf. Alles platzte heraus, fast alles, als hätte ich all die Jahre darauf gewartet. Beinahe bewegungslos hörte er zu.

»Dass du auch gefährdet warst, ist dir klar«, sagte er schließlich. »Gefährdet ist gut, ich meine zusätzlich gefährdet. Es fing ja schon mit deinen Hochverratszeichnungen auf den Rückseiten der putzigen kleinen Kriegsputti an. Und du merkst es nicht einmal. Du brauchst eben eine Art Schutzengel.«

Ich sagte nichts.

»Aber du wirst es nicht glauben«, fuhr er fort. »Wegen dem Pissarro habe ich vor kurzem an dich gedacht. Dabei hattest du doch nur mal so nach ihm gefragt, auf dem Spaziergang hinter dem Quartier. Ich hatte mich schon damals gewundert, wie du auf einmal darauf kamst. Aber dann habe ich es wieder vergessen. Hier habe ich nämlich auch einen gesehen, auch einen in Privatbesitz. Und zwar bei den Leuten, wo ich die Dame des Hauses, wie das heißt, porträtiere. Kriegsgewinnler sind das allesamt, und wo das Bild herkommt, weiß der Himmel. Aber sie zahlen gut, und man muss ja leben. Jedenfalls nehme ich dich mal mit.«

Ich war in einen Traum geraten in diesem Dachzimmer mit den an die Wand gelehnten frischen Bildern, mit den getöpferten Bechern und dem Farb- und Terpentingeruch und dem Tuten der Spreekähne von weit unten.

Bruno, der eigentlich mit der Revolution beschäftigt war, malte selbst zurückgenommen, sachlich und mit kreidigen Farben. Es gefiel mir sehr.

In der Nacht stellte ich mir vor, dass es »mein« Pissarro sei, den die Leute auf verschlungenen kriegsgewinnlerischen Schwarzmarktwegen erworben hatten und den sie mit mir zurückverfolgen würden, bis wir bei Adèle und Marcel landeten, wieder in dem Haus in der Champagne, unzerstört. Ich schlief kaum.

Die Villa war im Berliner Westen. Viele Menschen standen herum und feierten etwas. Sie rauchten mit langen Zigarettenspitzen, tranken Sekt, boten mir von allem an und waren sehr freundlich. Sie hatten auch einen Frauenkopf von Renoir und eine Zeichnung von Liebermann. Beide hingen neben einem Spiegel, als wäre das eine Selbstverständlichkeit, und keiner schaute hin. Das Beeindruckendste in dem hellen Raum waren ein honiggelbes Rundsofa in seiner Mitte und eine üppige Fächerpalme. Ich zog mir einen Samthocker heran und blieb vor dem kleinen Pissarro sitzen, bis mir der Besitzer auf die Schulter schlug und sagte: »Schenken kann ich es Ihnen nicht, junger Mann.«

Sie mussten annehmen, dass ich überwältigt, hingerissen vor dem kleinen Bild sitzen blieb und fanden es wohl etwas übertrieben. Das hätten sie zu Recht gedacht. Es traf aber nicht zu. Ich saß da und saß, weil ich mich immer weniger genau an das Bild im Keller bei

Adèle und Marcel erinnern konnte. Es ging um Häuser am Fluss und ein Boot, flirrend und silbergrau und mit einem kalkweißen und einem himbeerroten Fleck oder Turm hier wie dort, und so suggestiv, dass es einen wegtrug. Dort war es Rouen, hatte Adèle gesagt, und das hier? Ich sah ihren Kopf im Halbdunkel des Kellers über ein Bild gebeugt, ihr herabfallendes braunes Haar, ihre Hände am Packpapier, und musste damit aufhören, einfach mit allem aufhören, denn niemand fuhr mir mit dem Finger vor den Augen hin und her und fragte:

»Maximilien, tu rêves?«

Niemand.

Dann ging das Leben weiter, und wie, das konnte ich mir aus den Erzählungen meiner Eltern zusammensetzen. Nur Adèle, sie kam darin nicht vor. Mein Vater lernte meine Mutter kennen, lernte, lernte, lernte mit ihrer Hilfe und wurde Berufsschullehrer. Die Dresdner Sommer und Freibäder verband ich immer mit dem Bild meiner jungen Eltern auf einer Wolldecke im Gras, umgeben von Türmen von Lehrbüchern, eine besondere Art von »Frühstück im Grünen«. Er zeichnete die Pflanzen für ein Lehrbuch und wurde von seinen Schülern geliebt, vielleicht weil er sich das Staunen über die Wunder der Natur und das Vergnügen am Beschreiben und Benennen von Heilpflanzen und Mineralien bewahrt hatte. Nicht im Traum konnten sie daran denken, nach Frankreich zu reisen. Schon Mainfranken war ein beglückendes Ereignis. Einen Höhepunkt bildete der Besuch Marc Chagalls in ihren künstlerischen Zirkeln. Leider war es aber nicht er selbst, sondern ein Hochstapler. Die Republik brach zusammen. Nicht mit ihrer Hilfe. Sie wählten Hitler nicht. In die schwarzen Hefte wurde nie mehr etwas geschrieben.

Nachspiel I

Als ich die Aufzeichnungen meines Vaters gelesen hatte, fiel mir ein ferner Sommer ein. Heuduftende warme Tage, glücklich und verwirrend und vielleicht deshalb nie ganz vergessen. Bilder und Blicke tauchten auf, Wortfetzen und Gesten, und sie erhielten auf einmal ein ganz anderes Gewicht.

Ich muss etwa neun Jahre alt gewesen sein, und der zweite grauenhafte Krieg war längst im Gange, als wir zur Sommerfrische ins Erzgebirge fuhren, auf einen Bauernhof nahe der ehemaligen tschechischen Grenze. Es war ein schöner alter Hof, leicht erhöht über weite Wiesen und Weiden ins Land blickend, mit Obstbäumen, Kühen, Kälbern und einem Forellenteich. Zusammengehalten wurde der ganze Betrieb von einem jungen französischen Kriegsgefangenen, der, wie die Gäste flüsterten, etwas mit der Bäuerin hatte. Die war eine resolute Frau mit kräftigen Zügen, dunkelhaarig und rasch, eine »Böhmische«, wie sie sagten, die einen leichten tschechischen Akzent hatte und deren Mann als Soldat irgendwo in Russland kämpfte.

Zuerst war es meiner Mutter und mir gar nicht aufgefallen, dass mein Vater immer, wenn wir ihn vermissten, in der Nähe des jungen Mannes herumstand. Dann wussten wir gleich, wo wir ihn finden konnten.

»Einige machen schon spitze Bemerkungen«, sagte meine Mutter, und meinte die, die beim Mittagessen die Radiokommentare hören wollten.

Mein Vater reagierte gar nicht. Wenn wir nicht wanderten, sah er dem jungen Mann zu, der Strohballen stapelte, die Wiese mähte, den Teich reinigte. Er holte sich seinen Klapphocker und skizzierte, und wenn der junge Mann eine Pause machte, saßen sie nebeneinander und rauchten eine Zigarette, obwohl mein Vater sonst nur Zigarren rauchte. Beide waren nicht groß, hatten dunkle Haare und unterstrichen ihre Reden mit lebhaften Gesten. Der junge Mann wedelte aus dem Gelenk heraus elegant mit der Hand, und ich dachte, sie unterhalten sich über Vögel und warum wohl. Ich lag im Gras und las, war aber neugierig und spitzte die Ohren und hörte nur einzelne Wörter wie »Monte Christo«, »Pharmacie« und »Salbeitee« zum Beispiel, und nichts passte zusammen. Sie sprachen Deutsch.

»Er ist Gymnasiallehrer, ich glaube sogar für Deutsch«, erklärte mein Vater.

Für uns Kinder baute Maxim ein Wasserrad im Bach, und wir buhlten um seine Gunst. Als ich von dem Rad sprach, nannte ich beiläufig seinen Namen und war erstaunt, dass der Name meinen Vater elektrisierte.

»Maxim hast du gesagt?«, fragte er.

»Wusstest du nicht, wie er heißt?«, fragte ich verblüfft zurück.

Er war verlegen.

»Wir hatten so viel anderes zu reden«, wehrte er ab und erklärte, dass es wohl die Abkürzung von Maximilien sein.

Wie Max bei uns, habe ich gedacht, und dann gefragt, worüber sie denn so viel zu reden hätten.

»Er ist in der Champagne zu Hause«, sagte mein Vater.

Ein Name, den ich noch nie gehört hatte.

»Dort war ich im Ersten Weltkrieg, und er ist im Krieg dort geboren.«

»Und ihr versucht herauszufinden, was ihr beide kennt.«

Das leuchtete mir ein.

»So ungefähr«, sagte mein Vater.

Dann gingen die Ferien zu Ende, und wir reisten ab. Die schlimmsten Jahre kamen noch.

Eine Weile drängte sich die Erinnerung an diesen Sommer in das, was ich gelesen hatte. Ein junger Mann also, aus der Champagne, mit dunklen Haaren, wie es die Franzosen so an sich haben. Im Ersten Weltkrieg geboren. Und er bewegte die Hand locker im Gelenk, als rede er von einem davonfliegenden Vogel. Und mein Vater, der sich nicht losreißen konnte von ihm. Hatte er gedacht, es sei sein Sohn? Oder dass es sein Sohn hätte sein können? Und wenn ich diese Bewegung gar nicht gesehen, sondern sie erst in meiner Erinnerung eingefügt habe, als ich von Adèle gelesen hatte? Und wenn es so war? Was bedeutete das schon?

Nachspiel II

Angst hat mein Vater dann noch einmal gehabt, als meine alten Eltern die DDR verlassen durften und jede Antiquität und jede vermeintliche Antiquität auflisten und möglicherweise zurücklassen mussten.

»Ich habe nächtelang überlegt, ob ich sie angeben soll oder in die Hosentasche stecke«, erzählte er.

Sie, das war natürlich die kleine Vase aus Rouen, und heute weiß ich nicht mehr, wie er es damals gemacht hatte. Er erfuhr nie, dass er eine Enkelin, und natürlich auch nicht, dass er einen Urenkel haben würde. In dessen Adern fließt, wie es so schön heißt, auch französisches Blut. Wenn er, was er gern tut, die Vase aus Rouen vom Bücherregal nimmt, wird ihm, fast ein Jahrhundert nach ihrer Erbeutung, gesagt:

»Lass sie nicht fallen, sie ist kostbarer als du denkst.«

Ende

Arthur Schnitzler

Später Ruhm

Novelle

Herausgegeben und mit einem Nachwort von
Wilhelm Hemecker und David Österle
160 Seiten. Zsolnay 2014

Späten Ruhm erfährt Eduard Saxberger in vorgerücktem Alter. Ein junger Mann sucht ihn auf und gibt sich als Leser jenes schmalen Bandes zu erkennen, mit dem Saxberger einst für Furore sorgte; der Verehrer lädt ihn in einen Schriftstellerverein ein, denen er als Vorbild gilt. Zuerst beschämt, an das verlorene Vergangene erinnert zu werden, dann fasziniert von den Debatten um die wahre Kunst, schließt sich Saxberger den Literaten an. Aber Neues zu schreiben, bemerkt er bald, schafft er nicht mehr. Ein Jahr nach dem Erfolg von »Anatol« und ein Jahr vor dem Durchbruch mit »Liebelei« werden in diesem hier erstmals veröffentlichten frühen Porträt der literarischen Boheme die Ängste und Zweifel des 32-jährigen Arthur Schnitzler sichtbar.

»Die tragikomische Geschichte vom verzauberten Biedermann, der Anschluss an eine Zeit zu finden sucht, aus der er längst herausgefallen ist, folgt einer schlichten, aber mitreißenden und präzis durchgeführten Psychologie.«

Andreas Breitenstein, *Neue Zürcher Zeitung*

»Ein vorzügliches Stück tüchtig satirischer und psychologisch informierter Literatur.«

Judith von Sternburg, *Frankfurter Rundschau*

»Ein sarkastisches Lehrstück darüber, dass es manchmal besser ist, vergessen zu sein, als von sogenannten Verehrern gedemütigt zu werden.«

Hilmar Klute, *Süddeutsche Zeitung*

Alfred Polgar

Marlene

Bild einer berühmten Zeitgenossin

Herausgegeben und mit einem Nachwort von

Ulrich Weinzierl

160 Seiten. Zsolnay 2015

Bereits Mitte der zwanziger Jahre, bevor aus der Tingeltangel-Tänzerin der »Blaue Engel« und der Weltstar wurde, zählte Alfred Polgar zu den Bewunderern Marlene Dietrichs. Sie freundeten sich an, und ehe Polgar 1938 vor den Nazis flüchten musste, schrieb er ein wunderbar zartes Buch über die Diva, das ihre Eigenschaften und Eigenheiten einzigartig zum Ausdruck bringt. Das Gesicht, die Stimme, Beine, Handflächen, ihr Sexappeal werden auf unnachahmliche Weise skizziert. Wir erfahren von der Zusammenarbeit mit Josef von Sternberg, den Verhältnissen in Hollywood und was sie – 1937 – über die Zukunft denkt. Mehr als 75 Jahre nach seiner Entstehung erscheint dieses Buch zum ersten Mal.

»Wir können dem Herausgeber dankbar sein, dass er Alfred Polgars Arbeit aus dem Vergessen zog. Und dass er uns in seinem klugen Beitrag deutlich macht, wie hilfreich eine solche Uraltgeschichte sein kann, um nicht nur die damaligen Vorgänge, sondern auch deren Spuren in unserer Gegenwart besser zu verstehen.« Sabine Brandt, *Frankfurter Allgemeine Zeitung*

»Polgar knüpft in diesem Marlene-Porträt an seine große feuilletonistische Kunst aus den zwanziger Jahren an: etwas Augenzwinkerndes, leicht Frivoles, den ›Sex Appeal‹ Marlene Dietrichs suggestiv beschreibend und gleichzeitig aus ironischer Distanz als Phänomen analysierend.« Helmut Böttiger, *Deutschlandradio*